边城

李宝斌 著

中国文联出版社
http://www.clapnet.cn

图书在版编目（CIP）数据

进城 ／ 李宝斌著 . -- 北京：中国文联出版社，
2020. 5（2023. 1 重印）

ISBN 978 - 7 - 5190 - 4293 - 6

Ⅰ.①进… Ⅱ.①李… Ⅲ.①长篇小说—中国—当代
Ⅳ.①I247.5

中国版本图书馆 CIP 数据核字（2020）第 070553 号

著　　者	李宝斌	
责任编辑	胡　笋　贺　希	
责任校对	谢　宁	
装帧设计	中联华文	

出版发行　中国文联出版社有限公司
地　　址　北京市朝阳区农展馆南里 10 号　　　邮编　100125
电　　话　010 - 85923025（发行部）　　　85923091（总编室）
经　　销　全国新华书店等
印　　刷　三河市华东印刷有限公司

开　　本　880 毫米×1230 毫米　　1/32
印　　张　5.75
字　　数　125 千字
版　　次　2023 年 1 月第 1 版第 2 次印刷
定　　价　65.00 元

　　谨以此书献给我毕业三十年的高中同学，毕业二十五年的大学同学，以及曾与我一同工作于农村中学的同事们。

内 容 提 要

1990 年前后，"开展素质教育"尚未形成运动，"反对应试教育"的口号还没有喊得很响，江南某偏僻农村中学峰南中学俨然一座"应试教育"的世外桃源，恬淡、祥和。高中学生们偶尔俏皮而不恶劣的顽皮行为增添了生活情趣，能够减轻紧张学习带来的压力。沧海、白雪演绎的朦胧、青涩、纯真、质朴的情感故事《秋水长》耐人寻味……

师范学院毕业后，沧海满怀教育情怀回到母校峰南中学任教，但是很快，他被"热热闹闹高呼素质教育口号，扎扎实实开展应试教育实践"的现象整蒙，他在大学学到的自然教育理念无法应用于教育实践。在女友白雪的激励下，沧海进城赶考，踏上了漫漫考研路，几经周折终于喜获考研佳绩。然而就在此时，一场意外事故引发的家校矛盾击碎了他的教育梦，也打断了他的进城路，唱响了一曲发人深省的悲歌《城乡遥》……

目　录

秋水长

城乡遥

序　幕

　　受儿时好友陈商浮的盛情邀请,沧海参加了高中毕业 25 周年庆的同学聚会,回到了阔别多年的高中同学圈。同学们陆续到会,故友重逢,分外亲切,也很兴奋。然而这种兴奋似乎并未感染沧海,他期待的熟悉身影迟迟没有出现。移步窗前,凭窗远眺,不知远处街上穿梭的汽车,哪辆会开至楼前,徐徐停下,走出那个贤淑大方、美丽可人的身影,不知能否释开 20 多年前一旦错过,不再邂逅的谜团。

　　目光收回,凝视楼下一池秋水。粼粼波光,澄碧清澈,仿佛她那善睐的明眸,传送那份令人心醉的柔情。时间倒回……

秋 水 长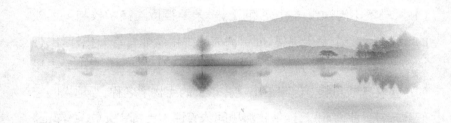

1. 桥头邂逅

20 世纪 90 年代初。

一个秋日的黄昏，一抹晚霞映照在一所偏僻中学的屋檐上，校门上方的"峰南中学"四个刚劲有力的大字在霞光中熠熠生辉。校门外，一条小河蜿蜒流过，小河上，一条石板桥连接学校与不远处的峰南镇。一个个子单瘦，面目清秀的少年倚靠着青石栏杆，出神地望着落日余晖下的河水。秋波动，几尾身体半透明、大小如手指的小鱼在嬉戏觅食。他叫不出这些小鱼的生物学名称，当地人叫它们"游鱼"。此情此景，让他脑海里回味着课本上柳宗元《小石潭记》的名句"潭中鱼可百许头，皆若空游无所依"。

突然，"沧海！"后面传来了一声略带沙沙之音却不失磁性的女孩声音。

他回头："啊，白雪，怎么是你？应该这个时候你们没有放假吧？到这里来办什么事？"

"我已经转到这里来上学了。"

"你不是跟随你哥哥到省城读书去了吗？"

"我哥哥考上了上海一所大学的研究生，离开原单位读书去了，我就转回来了。"

沧海与白雪算不上朋友，但也并不陌生，他们在初中曾经同班学习一个学期，并且有一个月，他就坐在她后面。虽然两人成绩都比较优秀，但在班上的表现截然不同，她温文尔雅，端庄秀丽；他调皮捣蛋，爱出风头。她数理有优势，他善于写作。坐在她后面，他经常拿笔杆在她背上戳一下，借圆规、橡皮之类的，或者问一个数学、物理题目之类的。她从不主动回头找他，但也似乎并不反感他用笔杆戳她后背，借东借西和问这问那，每次都温和地回个头，答应他的请求。有时心情好，还会面带微笑，露出一排洁白整齐的牙齿，一双明亮的大眼睛散发着迷人的光彩。他对语文书上白居易《长恨歌》里"回眸一笑百媚生，六宫粉黛无颜色"的感性理解就源于此。初中毕业后，他就近考上位于家乡的峰南中学，而她，跟随在省城工作的哥哥就读于一所重点中学。在他看来，她阳春白雪，他下里巴人。已有两年多的时间没有见面了，也没有联系过，虽然有时他也想过联系她，但感觉差距太大，也就放弃了。没想到，这次因为她哥哥辞去原单位工作到省外去读研究生，加上她的户口是农村户口，政策规定必须回原籍参加高考，于是又回到了乡下读高三。她读理科。峰南中学每个年级只有两个平行班级，到高二下学期分文理科。他作文写得好，理科并不差，开始也选了理科，真后悔不该听信陈商浮那小子的怂恿，说他语文好，就改读文科，因为成绩优秀，人缘好，能力强，还当上了文科班的班长，错过了与白雪同班的好机会，不然，又有机会坐到她后面用笔杆戳一下她后背，借东借西，问这问那，延续初中时期的美好情缘。

　　望着即将西下的夕阳，沧海试探着问白雪："这么美丽的秋景，这么漂亮的晚霞，趁着这美妙的景色有兴趣到河边走走吗？"

“好啊！”白雪爽快地答应，“我来这里不久，还不是很熟，还没有人陪我到河边走过。今天遇到你这个老同学，一起走走，挺好的。”

江南的金秋时节，天气暖和，空气清新，河水清澈，野草并未枯黄，仍然顽强地焕发着生机。沧海告诉白雪，他喜欢到河堤上或河滩上散步，尤其是秋天，因为春天雨水太多，夏天太阳太炙热，冬天又太冷，只有秋天秋高气爽，空气清新，温度适宜，在这长天下，秋水旁，是独处的黄金时间，河畔是最佳去处。沧海说，金秋时节，哪怕是上课时间，他有时也溜出教室，来到这里，在河堤的内侧，独自一人伴着河水走出很远很远，然后找一块合适的草地坐下来，读读随身携带的书本；不想读了，就仰天躺下，观看蓝天白云，大雁南飞，或者用书罩着面孔。心情好时，细细回顾一下刚刚从书上看过的内容；懒惰时，就这么躺着，嘴里嚼着一个枯草，什么也不做，什么也不想，静静地感受阳光的沐浴，心灵的召唤。

白雪听完他的海阔天空，好奇地问：“上课你也敢逃出来到河边逍遥啊？你可是班长呢！班长以身作则，你带的好榜样哟。”

沧海俏皮地扬了一下眉毛，说：“偶尔，偶尔，不是经常逃学。经常逃课的是坏小子，从不逃课的是笨小子。有些课程老师讲得不好，坐在教室听，浪费时间，还不如跑到教室外面自学效果好，我们文科不同于你们理科，书上的字都认识，除数学外，别的课程都没有数理上的拦路虎，自我提高阅读能力、分析能力和写作能力，考试就不会考得差。”

白雪说：“我可能是你所说的笨小子。反正我不敢逃课。”

“你们理科不同，你们要求智商高，我们文科要求情商高。再说,我讲的只针对男孩子,你是乖乖女,不适用我的理论。"一不小心得罪了身边人,沧海赶快补充理论,给白雪台阶,也给自己下台阶。

2. 雪地送书

　　然后沧海问白雪，从省城刚刚回到乡下是否适应，她说还好，只是回家搬家过程中，不小心丢了一本高三的英语课本，没教材学习很麻烦，问沧海能否帮借一本。他一口答应："没问题，这事交给我好了，保证包你满意。"大话一经说出，心里却暗暗叫苦，他一个乡下娃到哪里去弄这本教材呢？高二之前，他到过离家最远的地方就是 40 里外的峰南镇，直到上个学期才到过离家 100 里的县城，而且是与邻居家孩子赌气不服输，骑自行车去的，刚刚到达城门口，见天色已晚，囊中羞涩，不可能进城找旅馆住下，又担心路途遥远，天黑前回不了家，就匆匆忙忙骑车往回赶，不小心摔了一跤，崴了脚脖子，痛了好几天。峰南镇上那个小小的新华书店是不可能有高三英语教材的。在城里人看来的一件小事，在此时此地的峰南镇还真是一件难事，但他不能在她面前认怂，乐意效劳，愿意为她折腾。

　　沧海到处找了很久，一直找不到这本教材。他把已经高中毕业的哥哥用过的旧书翻出来借给白雪，笑眯眯地望着她，等待她的感谢。

　　白雪接过书本翻了翻，看到旧书上写满了密密麻麻的笔记，皱了皱她那乌黑细长的眉毛，问："能找一本上面没有做笔记的教本吗？上面写的字太多，看起来不习惯；习题上已经作答，也不方便再作练习了。"从书本上抬起眼睛，白雪看到沧海一脸的尴尬，觉察到了自己说话有些刻薄，好像有些不知好歹，赶忙换了口气，"不管怎么样，都谢谢你的热心，谢谢你的帮助。"

沧海看得出白雪对这本旧书的不满意，听得出这声"谢谢"说得有些勉强——虽然他已经尽力了。白雪的表情离他的预期有较大的距离，沧海有些失望，但他不能让白雪对自己失望，一定要想出办法来，一定要借一本崭新的教材给她。山村孩子自有山村孩子的精灵，他把目光瞄向了班上一个不爱学习的男生，虽然已经过了半个学期，那个男生的英语课本上一个字的笔记也没有，完好如新。他打上了这本课本的主意，当然不会去偷，他不是品质败坏的男孩，就送了十张餐票给那个同学把书本"借来"。他们的餐票都是从自己家里带米经学校厨房工友师傅验收后兑换的，那个不爱学习的男孩嫌麻烦不愿意带米，有沧海送饭票，自然高兴。

沧海相信这本教材白雪一定满意，不能直接跑到隔壁教室交给她，那样太没有情调，不符合他这个文学青年的办事风格。那年寒潮来得早了一些，刚刚入冬，就下起了一场纷纷扬扬的鹅毛大雪，原野上一片银装素裹。到了周末，他知道白雪要回家，她家离学校不远，有时骑车走大路回家，有时步行抄近路翻过一个山坡回家，就骑着自行车尾随其后。雪白的背景上，没有车辆，没有人群，也没有杂音，只有两个彩色的亮点如影随形。前面，白雪踩在公路旁积雪上，咯吱咯吱往前走，留下两行清晰的脚印。身后，沧海超慢速地骑着自行车紧紧跟随，不动声色，她毫无觉察。默默跟随了将近一公里,来到了一段上坡路,因为车速太慢,不能借势往上冲,沧海无法保持平衡,"扑通"一声,自行车一歪,就倒在白雪的脚后跟旁,突如其来的摔倒声,吓了她一大跳,猛回头,看到他倒在地上"咯咯咯"地傻笑着,傻傻地露出坏笑。

"你干什么?快吓死我了!"白雪嗔怒道。

沧海爬起来,扶起自行车,然后从书包里掏出那本全新的英语书递给她。

"太好了,这段时间我都是与同桌共用教材,很不方便。"白雪喜出望外地叫了起来,"你还记得这事?我还认为你早忘啦。非常感谢。"她露出整齐洁白的牙齿,眉毛微微一扬,明眸善睐。

"不谢,不谢。"他一时局促,不知该说什么,本想眉飞色舞地述说"借书"细节,话到嘴边又咽了回去,获得她充满阳光的微笑就心满意足了,又何必更多的废话呢?

3.美眉醉酒

　　转眼到了年底,圣诞、元旦接连到来。元旦前夕,沧海收到了一份特别的礼物——一张与众不同的新年贺卡。当时,互赠节日贺卡是学生们最常见表达友情的方式。他收到的这张贺卡的特别之处是,卡片是由一张彩色照片加工而成的,正面是白雪的生活照,她站在果树下,秀发披肩,红底上绣着黑色花纹的衬衣扎着深色的腰带,下着黑色长裤,侧脸微微仰起,左手环腰,右手抬起伸出食指,似乎指着树上的果子,高端、大气、秀丽,活脱脱的明星相。背面话语不多,字迹工整、清秀:

　　沧海,感谢你长期的关心和帮助,你的好,我永远记着。祝新年快乐,心想事成! 白雪。

　　沧海兴奋不已,爱不释手,不时偷偷地拿出来翻过来倒过去地看,好像要从那几句简单的话语中悟出什么深刻含义,找出其中暗含的隐喻;端详照片,越看越喜欢,希望她能从纸上跳出来。他的怪异动作被陈商浮发现,轻轻走过来从背后伸过手来一把抢去,并被迅速传阅,害得沧海满教室追了老半天才追到。晚上到寝室,沧海白雪的"故事"无疑成了"晚间特大新闻"亮点。峰南中学的寝室都是大教室改装而成,一个班的男同学、女同学各安排一间大寝室,

11

沧海他们的寝室就在白雪寝室的隔壁。男同学们议论了半天还不过瘾，陈商浮这死鬼居然怪声怪气地尖着嗓门叫"白雪——"，这下可好，另外几个无聊的家伙跟着怪叫，叫声此起彼伏。沧海不知如何是好，他知道他无法制止，估计越制止他们越好玩越来劲，只能沉默以对。

隔壁寝室，先是嬉笑，继而愤怒。最终白雪忍无可忍，敲门发飙："我就在这里，有种的给我站出来！"美女发怒了，男孩子们知道闹过了火，赶紧噤声。

第二天早上，在走廊上，沧海、陈商浮与白雪迎面相遇，白雪一脸愠怒，对沧海说："把照片还给我吧，免得说三道四！"

沧海面露难色，极不情愿地从上衣贴胸口袋内掏照片，陈商浮见势不妙，悄悄溜走。望着陈商浮离去的背影，白雪转变了语气和脸色，轻声地说："把照片收好吧。别让他们看见了。"说"他们"时，她用眼角余光瞟了一眼陈商浮的背影。沧海心领神会，这个一百八十度的大转弯，让他又惊又喜。

那晚出于好玩，陈商浮带头阴阳怪气地叫了半天"白雪"，当时觉得过瘾，过后惭愧，觉得对不起白雪，也对不起沧海。他与沧海商量一起请白雪周末到镇上的饭店吃个晚饭，以表歉意，沧海鼎力支持。开始，白雪一再委婉谢绝，但后来盛情难却答应了。

峰南中学地处偏僻小镇，外面已是拼得如火如荼的高考应试教育，对这个安逸的小镇，偏僻的中学似乎影响不大，学校照样休周末，学生打球唱歌，该干什么照样干什么，依然一个应试教育的世外桃源。周末傍晚，陈商浮、沧海早早地来到了峰南镇上的峰南酒店等候白雪公主的大驾光临，稍后，白雪邀好友闵珺作陪也到了酒店。

男生们对上次的不恭表达了诚挚的歉意。白雪很大度地表示，同学之间不会为这些小事耿耿于怀，只要以后注意言行，相互尊重就行。男孩子们频频点头，连声说"是，是，是"，仿佛在聆听老师的谆谆教诲。入席开餐了，陈商浮叫服务员端上了几瓶小酒。峰南人吃饭时，喜欢喝点家乡的米酒。不少高中男生也学着喝酒，有少数女生也能喝酒。在这样的小镇小店不可能有什么高档的名酒，他们几个也买不起，就是点几个家常小菜，酒是当地的米酒，两块钱一小瓶，250毫升的小瓶。陈商浮接过酒瓶，拿起酒杯开始倒酒。

白雪一见端上了酒，说："你们不会拉我下水，让我来陪酒吧。"

两个男孩面面相觑，商浮的酒杯悬在半空中凝固定格了，沧海更是大气不敢出一声，半张着嘴说不出话来。原本为了冰释前嫌，两个并不富裕的家伙勒紧裤带才省出这次请客的酒菜钱，给她这么一说，凉了半截，难道又做错了？

"来来来，我们吃饭。"闵珺打破尴尬说。

"开玩笑的，"白雪扑哧一笑，"不要紧，无酒不成宴。既然两位兄弟诚心诚意，这酒杯我不能不端，只是女孩子酒量小，不可强劝哟"。

"那是，那是。"男孩子们终于缓过神来，大家开心一笑，气氛一下活跃起来了。吃饭，喝酒，大家都很开心。男生这次也有绅士风度，对白雪、闵珺敬酒也是"我先干，你随意"。闵珺不会喝酒，只喝一点点就脸上泛起红晕。她爸是学校的老师，怕回去被爸爸发现挨骂，借故要先回去，他们几个也不好强留，同意让她先走。临走前，她对白雪反复强调："少喝点,别喝醉了啊。"并对两个男孩子说:"你们要照顾好白雪,不要强劝酒哦。"

留下的三个都说:"放心,我们会注意的。"

大家说说笑笑,喝点小酒,很是开心,三瓶二两半的米酒很快见底。"今天酒真好喝。"白雪红晕泛起,面若桃红,"要不,再来一瓶啤酒? 白酒度数高,我怕喝醉。"

时值冬天,很少有人喝啤酒,但难得心中的女神有如此雅兴,不喝就太不够义气了吧。因为是女神主动提出,敬酒的规则,发生了转换,"你先干,我随意。"两个男生思忖今天遇到了女中豪杰,他们信奉女孩"一般不喝酒,喝酒不一般。"囊中羞涩,两个酒量不小的小伙子省着点喝,要让女神喝好。

"今天酒真好喝。"白雪面若桃红,兴致勃勃,"要不,再来一瓶?"

两个小伙子忘了闵珺临行前的反复强调,没有醉酒经验,没有发觉想喝酒,说酒好喝是将醉之人的前兆。还认为遇到了喝酒的女中豪杰,寻思怎样尽到地主之谊,让客人吃好喝好,不能让白雪扫兴。两人走到一边,掏出身上所有零钱合起来又买了一瓶,先给白雪满上,两人再各倒半杯。

这杯酒下肚,白雪的声音发生了变化,说:"沧海,你可别把我丢在酒店不管啊,一定要把我送回去哟。"

"哪里话,怎么会丢下你不管呢? 一定护送你安全到达寝室。"沧海拍着胸脯表态,陈商浮也随声附和。

"你们真是好兄弟,今晚我太高兴了。"她把酒瓶里剩下的酒分到了三个杯子里,举起杯,有些醉眼迷离,"来,为我们的友谊干杯!"

两个男生不知道该敬酒,还是应该劝她别喝了,木偶般地跟着举起了酒杯。她一饮而尽,他们也跟着喝了。她的脸色由红转白,先是笑着说今晚的开心,说着说着,突然哭了起来。两个男生慌了,酒店里其他人的目光都转向了这边,有人在指指点点,有人在窃窃私语。他们两个知道这下闯大祸了,顾不得旁人的指点和议论,赶紧扶她出酒店。她哭哭啼啼,完全瘫软,站不起来,更不用说走路了。

商浮说,"我来背她吧。"

沧海犹豫了一下,说:"还是我来背吧,刚才你没有听她说,要我护送回寝室吗?"

"但是我邀她出来的,我要负责呀。"陈商浮反驳道。

沧海肯定不愿意让他来背, 更不能让他来抱她:"都什么时候了? 还在争,我们已经闯大祸了。赶紧把她扶回寝室吧。"

两个家伙一人架起她的一只胳膊往学校走,引来了路人异样的目光。幸亏酒店离学校并不远,时候不早了,路上的行人也没多少,没有引起太多人的注意。来到校门前的青石桥,白雪撑不住了:"停下,停下,我要吐了。"他们停下脚步,放开她的胳膊,白雪挣扎着趴到石桥栏杆上,"哇!"酒水和着饭菜喷涌而出,喷到河里,给嬉戏的游鱼送来了"佳肴"。

学生,尤其是高三学生是不能喝酒的,更不能酗酒。此地不可久留,如果被老师发现,肯定要挨处分的,他们赶紧扶着她——说抬着或扛着,可能更加合适——悄悄地从侧门溜进了学校,幸好没有碰见老师,周末老师忙自己的事去了,有些回家了,这给他们喝酒夜归留了空子。

他们把她送回寝室,扶上了床。几个女同学用疑惑、诧异的眼光看着他们,闵珺走过来用愤怒的口吻逼问他们:"你们把她怎么啦?!"

　　"我们没把她怎么样。她喝醉了。请帮忙照顾好她。"

　　闵珺和另一个女同学走过来帮她脱鞋子,盖被子,倒水洗脸。她还在哭哭啼啼。

　　"白雪,我们已经把你安全送到寝室了。你好好休息。"沧海帮她盖好被子,怜爱地说。然后转过身对闵珺说:"姐们儿,请多多关照,我们走了。"

　　"还好好休息,她这样子能好好休息吗?不是反复叮嘱你们别喝多了吗?"闵珺用愤怒加鄙夷的口气回敬。

　　他们知道留下来只有挨训的份,而且男女有别,也不好意思在女生寝室久待,赶紧灰溜溜地退出。

　　第二天早上出早操的时候,沧海扫视了一番高三理科班女生的队列,没有找到白雪,知道了她醉得很深了。果不然,早操完毕,她们寝室的女生接二连三地跑过来兴师问罪。说白雪昨天晚上又是哭又是笑,又是喊又是叫,还吐了一地。问他到底给她灌了多少酒,安的什么心。幸亏是星期天晚上,学校没有要求晚自习,老师来查寝的时候,同学掩饰过去了。他百口莫辩,任凭她们数落了一番。后来知道,当时有同学说要报告老师,处分他们两个,是白雪拦住了,她说,酒醉心里明,是她自己的责任,别为难他们了。

　　沧海在担心白雪的同时,心生敬意。早餐后,看到她夹着书本进了教室,虽然脸色还有些苍白。他才松了一口气。

4.球场惊心

已经到了高三的第二学期,再过几十天就要高考了,大家紧迫感更强了,学习更紧张了,不过偏僻的峰南中学仍然不会有城市中学的拼命,也没有设立倒计时牌。沧海很长一段时间没有见白雪了——严格地讲,是没有近距离地面对面交流,虽然有时远远地看见。因为不在同一个班上,见面交流的机会少,也没有什么事非找她不可,更没有坐在她身后,能够近距离地用笔杆戳她后背,没事找事地搭讪。

这天傍晚看到龙之城、陈商浮等篮球高手在打球,沧海也过去凑热闹。曾经,他们班的球技非常了得,不仅在全校的球赛中拿了第一名,还经常打败来访的外校学生球队和校外成人联队。后来文理分科后,球队主力分散到了两个班,还有个别转到别的学校了,球队盛况不再,也就几个篮球爱好者在半边球场打打边赛。沧海球技不高,至多算作一个替补队员,缺人的时候顶一顶。他带球突破的技能比较差,但运气来了,远距离投篮也能中几个,平时练习也喜欢站在三分圈外,甚至是接近中线的地方远投。

这时,看到白雪夹着书本从球场边经过,沧海忍不住想搭讪一下,大喊一声:"白雪,接球!"一个远距离传球,把球甩向白雪,她慌忙伸手去接突然飞来的篮球,球没有接稳,脚底一滑摔倒了。几个打球的男孩子赶忙跑过来,沧海自责地说:"该死! 伤得不重吧?"

白雪转过脸来,左眼旁边的脸上擦伤了一块铜钱大小的表皮,她长长的睫毛一闪一闪,眼睛不能睁开,睫毛上挂着泪珠。但是没有呻吟,没有哭泣。沧海和之城小心翼翼地扶白雪坐起来,沧海问,"手脚还能动吗?"

过了一会儿,白雪活动了一下手臂,挪动了一下双腿,没有作声。沧海的心脏跳到了嗓子口,心想,坏了,闯大祸了! 沧海、之城、商浮蹲下来围着白雪不知如何救助,正商量着背起她,送医院。

这时白雪的好友闵珺和唐倩燕也过来了。"别动,别动!"唐倩燕赶忙制止,"如果摔伤骨折了,不能随便动,要用担架抬,避免第二次伤害。"她爸是开诊所和药铺的,略懂一些医学知识。

"不要紧。"白雪挣扎着站了起来,弱弱地说,"没有伤筋断骨,别吓唬他们吧。"

在闵珺和唐倩燕的搀扶下,白雪费力地走到附近诊所。医生检查后说,没有大碍。打了消炎针,开了一些创伤药,就让她回学校了。

为了弥补自己的过错,获得白雪的宽恕,沧海觉得自己应该为白雪做点什么。第二天中午,沧海利用午休时间跑到山坡上采花。江南的暮春,山花烂漫,只是住在学校读书难得有上山赏花时间,也就很少有领略姹紫嫣红、蜂蝶飞舞的感受。沧海徜徉在春暖花开的山坡美景之中,挑选着美丽的鲜花。他略微知道一些送花的意义,送给病人或受伤者最好是康乃馨,但山坡上没有这么高贵的鲜花,也找不到象征爱情的玫瑰花,他也没有这样张扬的胆量。红月季蓓蕾代表可爱,很适合,沧海在一丛荆棘旁采了几枝月季;百合花象征纯洁、天真无邪、清新脱俗、不受世俗的污染,送给白雪很合适,沧海在一个背阴的斜坡上采了几朵百合花;栀子花的花语是"永恒的爱,一生守候和喜悦",虽然给予情感的平淡,但是持久,还有纯洁、美好的回忆,这个花语能够含蓄地表达沧海对白雪的深情,他在一株不算高大的栀子花树上采摘几枝;杜鹃花漫山遍野都是,热烈奔放,鲜艳夺目,它是热情纯真、吉祥美好的象征,沧海也不会错过,多采几枝。走下山坡,来到一片黄灿灿的油菜地,煞是好看,沧海也不管油菜花有什么寓意,又摘了几枝油菜花,放到一起,增添了一个色彩,花色更加丰富。在校门口的便民店买了一些零食,高高兴兴地来到了白雪的寝室。

白雪坐在床上,恬静地捧着考前复习资料看,脸上并没有包纱布,受伤的那边脸朝向墙壁。他深表歉意,送上了鲜花和零食。她高兴地接过鲜花,把花插到了桌上的一个大口的玻璃瓶里。但对于那些零食,她舔了舔嘴唇说:"其实我很喜欢吃辣的,但是医生说,在伤口完全愈合之前禁止吃辣的,否则以后伤疤会留有颜色,就会破相,不好看了。"

他声音柔和,小心翼翼地说:"实在对不起,是我害了你。把脸转过来让我看看,伤得怎样?"

"别看了,丑死了。"她没好气地说。

"不会的,在我心里你永远美丽无比。"

"真的?"她忽闪的大眼睛一亮,随即把受伤的脸转了过来。

虽然没有伤着真皮,但那块铜钱大的擦痕还是非常明显,甚至有些刺眼。沧海自责地低下了头。

"吓着你了吧？你都不愿意看我了。"白雪难过地说。

"不，不，你误会了，我是自责给你带来的伤痛。你仍然漂亮，瑕不掩瑜，再说这点轻微伤很快就会好起来的。"沧海赶忙解释。

这时白雪好友闵珺来到了寝室，打趣地说："两人又在秀恩爱？"

"哪里哪里，我是来负荆请罪的。"他赶紧声明。

"对对对，你是该负荆请罪。"闵珺笑着说，"荆条呢？如果你敢背进来，看我们不抽你。"

然后她看到了书桌上的鲜花，"好美的花哟！"闵珺捧着花瓶细细端详，爱不释手，转过脸对沧海说，"不错，你送过来的吧？"

沧海点点头。

闵珺连声说："鲜花要比荆条好，鲜花要比荆条好。多送花来，我们就不用荆条抽你了。"

闵珺的羡慕眼光，让白雪很满足，但不敢露出笑容，笑容会牵动眼角的伤疤，既疼，也显难看。她嘴角微微上翘，眸子放出欢快的亮光。

沧海朝白雪调皮地眨了一下眼，离开了她们寝室。

送花的感觉还不错，是否可以趁热打铁再做点什么增强联系加深感情呢？如果继续到山坡上采花送到她们寝室，则既没有新意，又人多嘴杂，容易成为笑料，对于脸皮较薄的他，还缺少一点在感情上冒险的勇气。改变一下方式吧，两天后，又是一个周一，一大早，沧海骑着自行车来到一口池塘旁边的柳树下局促地守候着，这是白雪从家到学校的必经之路。白雪家离学校不远，周末一般会回家。终于，对面山坡的羊肠小道上，白雪穿着一双白色的网球鞋一溜小跑而来，身后跟着一只小狗，应该不是她家的，可能是偶遇的一只流浪小狗吧，因为跟着跟着，小狗又跑到别处跟丢了。他静静地欣赏这幅暮春初夏的动态美景，心里七上八下，不知见面之后如何表达。白雪拐过一道弯，经过一户人家的屋檐下，爬上塘坝，来到了池塘边，柳树下，一抬头，迎面撞见身跨自行车左脚着地，右脚踏在脚踏上的沧海。

白雪着实有些惊讶，问道："你怎么在这里呀？你们家不在这个方向啊！赶紧去学校吧，不然会上课迟到的。"

"我在这里等你呀。"沧海声音不大，似乎有些底气不足。

"等我干什么呀？"白雪问。

"我害得你在球场摔了一跤，想骑车接你一程。虽然我不知道你家的具体位置，但我猜到这个池塘边柳树下应该是你的必经之路，果然不出所料。"沧海有些兴奋地说。

"我只是擦伤了脸，并没有伤胳膊伤腿，你完全没有必要来接我呀。"白雪说。

"我，我有话要跟你说。"沧海有些紧张地说。

"说吧，"白雪问，"这么大老远跑来，有什么重要的话要跟我说呀？"

"我，我，"沧海涨红了脸，更加不敢明说，从口袋里摸出一张纸条塞到白雪的手里，然后骑着自行车一溜烟跑了。

"哎！"愣在后面的白雪还没有来得及把话说完，沧海就跑得没有了踪影。白雪嘀咕道，"不是说来接我的吗？哪有这么接人的，把人家落在后面，自己跑了。"

然后她展开纸条，上面写着：

白雪,我这几天老做梦,梦回我们在桥头邂逅,于雪地送书。梦见我们一起在山坡上采花,还梦见我们在峰南河里戏水,仿佛体会到了曾皙的那种"浴乎沂,风乎舞雩,咏而归"的境界。为了追梦,昨天我还顶着靡靡细雨在峰南河边痴痴追寻。白雪,你的梦中也出现过我吗?你会跟我一起追梦吗?

白雪看完后,微微笑了笑,又把纸条折得整整齐齐放进了书包。

两天之后,沧海收到了白雪的回信:

君不用顶着绵绵细雨去追寻往日的梦幻。梦醒时分,一切如故。还是珍惜现实中的宝贵时光,迎战高考,早日跳出农门,把梦想化为现实吧。

沧海苦笑一声,摇摇头,收起纸条,陷入沉思。

5.危难真情

其后的日子里,大家都在忙着高考,沧海很少与白雪交往。他害怕不小心又伤害了白雪,给她添的乱够多的了;更害怕白雪的话语伤害自己的自尊。偶尔在过道相遇时,沧海嘴角抽动一下,眉毛一扬,算是打个无声招呼,白雪则是微微一笑,算是答礼。转眼,高考完毕。高考后,大家在等老师发下高考答卷对答案估分,还要一两天答卷才能到达。大家或去逛街或在寝室打牌消磨时光。也有男女同学突然变得亲热起来,出双入对,依依不舍,也许是高考之前压抑太久,高考之后,应该释放一些能量。下午,沧海拿着那台新买的小巧微型收音机,倚着窗户听评书。其实心里还是有些牵挂,但作为脸皮较薄的他,难以承受被拒的难堪,没去邀请。他知道白雪进城心切,作为山上农家孩子的自己不一定能满足她的要求。

忽然,白雪在寝室门口叫他,说有几个同学去看电影,她多买了一张票,问他是否愿意一同去。这好像是一反常态,她从不主动找他。虽然不是两人的特别约会,但毕竟是心仪的女生主动邀请,他欣然应允。他早早地吃完晚饭,等待白雪约他上街看电影。6点左右,他们一同去看电影,还有她的闺蜜闵珺做伴。还好,不是大部队,还算亲近,他想。看完电影已是晚上九点多了,他不在乎电影情节,在乎的是一起看电影的感觉。

一行三人说说笑笑走在回学校的路上。突然一个社会青年,准确地说,一个街痞,一把抓住白雪的胳膊,说白雪踩了他的脚,要道歉。白雪明明没有踩他,但迫于淫威,被迫道歉,那厮仍然不依不饶,纠缠不清,要白雪叫声"亲哥哥,情哥哥"。

"你到底有完没完?这样欺负一个女孩子算什么本事!"沧海挺身而出。

"噫,王八羔子,想英雄救美?活得不耐烦了吧!"小痞子见有一个男生出来当英雄,像斗架的公鸡,来劲了。

"你想怎么样?"沧海怒目圆睁,没有退让。

"啪!"街痞伸手给了他一个嘴巴,"想怎么样?老子揍你!"

"啪!"沧海回敬了一个嘴巴。

这下可好,捅了马蜂窝,旁边蹿出两个家伙,三个家伙分左中右三面围攻沧海。常言道,双手难敌四拳。现在是一个书生面对三个凶恶的街痞,这哪是对手。三人乱拳,沧海左冲右突,左挡右抵,渐渐力不从心,且战且退,被三个混混逼向河边。

这边,白雪她们急得要死,连连呼喊"沧海,别打了,别打了!"

沧海也想结束打斗,但是,哪里由得他做主,三个无赖丝毫没有住手的意思,而是出拳更快更狠,把沧海逼至河边。白雪心急如焚,由最初的大声劝说,到后来的声嘶力竭,再到后来声泪俱下,"沧海,沧海!别打了,别打了!"闵珺跟着呼喊。

见打斗停不下来,白雪转向围观的人群以及那些在远处事不关己高高挂起的乘凉的人喊:"快来人呀,快来人劝劝!"

然而,打斗持续了约二十分钟之久,混混们没有停下来,也没有旁人出面制止。就在白雪的呼喊之间，沧海一个趔趄，阵脚不稳，栽倒在地。有个家伙扑过去，骑到了他的身上。

"沧海！"白雪不顾一切冲了过去。就在这紧要关头，从围观的人群里冲出一个青年，飞起一脚，将那个骑在沧海身上手执刀片正准备往他脸上脖子上乱划的家伙踢翻。沧海迅速爬起，还顺势从地上抓起一块石头作为自卫武器。

"之城！你来得正好。"白雪喜出望外地欢呼。

从天而降的救星不是别人，正是沧海的好友、理科班的篮球主力龙之城。白雪、闵珺焦急的呼唤声引来了在街上办事的龙之城、陈商浮等同学，双方僵持了一会儿，同学们扶着沧海慢慢撤退，对方看到这边来了援兵，并且认为自己胜了，得了便宜，也就没有继续追赶。

回到寝室，在明亮的灯光下，沧海脸上、脖子上的伤痕清清楚楚，虽然没有伤筋断骨，但也够吓人的，那两三道刀片留下的伤痕还在渗血。见此情景，白雪眼神里流露的尽是心疼和担忧，明亮的秋波中泛出淡淡的泪光。她从医务室弄来了棉签、碘酒，小心翼翼、温柔体贴地帮他擦拭。她又泡来了一杯红糖水，用汤匙舀起，轻轻吹冷，送到他嘴边。他坐在床沿，背靠着床柱，微闭着双眼，任凭她忙活，或者说"享受"着她的忙活，偶尔睁开眼睛看看温柔的她。这张略带忧伤的脸庞似乎比平日更加俏丽动人，因为隐藏在矜持下的善良、诚挚泛出，增添了美丽。沧海虽然身上有些疼痛，但伤得并不重，完全可以自己擦洗，涂点消炎药。不过，她的温柔，她的体贴，她的担心和忧伤的眼神，让他很受用，感觉好像伤在他身上，痛在她心里。这与"球场惊心"完全交换了角色。沧海甚至在庆幸自己的勇敢和血性，庆幸当时的该出手时就出手，似乎自己终于在恰当的时间和恰当的场合为她做了一件惊天动地的大事。也不禁体会着才子佳人，英雄救美的感觉。

次日高考答卷到达，大家对完答案，估分之后，各自回家等候高考成绩和高校录取分数线。沧海带着伤痕，推着自行车携带着简单的行装在校门外的小桥边——就在他们去年邂逅的桥头——与白雪告别。阳光下，沧海脸上、脖子上的伤痕更加明显，右眼还布满血丝。但在白雪看来，伤痕丝毫不影响沧海的帅气，反而更显英雄气概。白雪充满憧憬地说："希望高考能够改变我们的命运，让我们一起在大城市挥洒青春，过上幸福的日子吧。"

沧海不知道高考结果如何，不知道能否通过高考，挤过万人拥挤的独木桥跃过农门进入城市，不知道能否与白雪比翼双飞续写美丽传说，不知道……太多的不确定，带给沧海满心的惶恐，满眼的迷茫，他不敢与白雪执手相看，依依惜别，也不能海誓山盟，信誓旦旦，就这么平静地望着白雪美丽的大眼睛，平淡地说声"珍重"，道声"再见"，白雪也是这么平静、平淡地回应。然后各奔东西……

6.苦等录取

　　7月底,高考成绩出来了。峰南中学文科班 3 个上线,沧海是其中之一,理科班 4 个,白雪差 2 分上线。那些没有上线的同学,有的外出打工,有的到县城进民办补习学校,或者到县属重点中学插班补习,留在家里务农的极少。

　　沧海填报志愿后,开始等待高校的录取,漫长而又紧张的等待。已是 8 月底,当陆续听到别的上线的同学或在其他中学毕业高考上线的同乡都获得了肯定的录取信息而自己毫无相关信息时,沧海坐不住了,沧海全家都紧张起来,因为有太多高考上线而没有录取的传闻。但是,这个从没有出过远门,且世代务农没有显贵至亲好友的农村孩子对外面的世界两眼一抹黑,到哪里去打探消息,到哪里去找关系呢? 全家人都快急死了。后来好心的邻居告诉他们,有个亲戚在莲城市某大学当处长,愿意帮写一封介绍信,请当处长的亲戚帮忙。邻居是本家,这个处长算起来也是沧海的远房亲戚。

　　第二天清早,沧海用网丝袋提着妈妈准备的一只老母鸡,怀揣邻居大伯写好的介绍信和详细地址第一次出远门到莲城市找远方亲戚帮忙高校录取的事情。上午十时许,沧海来到了莲城市,这是他首次进入大中城市,不过街道上的车水马龙,两旁的高楼大厦并没有激起沧海的兴奋,相反,水泥马路、瓷砖墙面、玻璃门窗的强烈反射,增添了 8 月烈日的温度,照得沧海浑身冒汗,睁不开眼睛,他甚至纳闷白雪为何进城的愿望如此强烈,城市有什么好的?沧海沿街打听亲戚的住处,烈日烤晒下满头大汗,衣衫汗湿,七找八找,总算在上午十一点多钟在莲城大学的教师新村找到了处长亲戚的家。走入生活小区,高楼挡住一些阳光,高大的树木留下了难得的阴凉。两位大爷在亭子里下棋,旁边围了一圈观战的。旁边的健身区域几个小孩在嬉戏玩耍荡秋千。这份祥和才让沧海对城市生活产生了一些好感。沧海提着老母鸡在处长家门口徘徊了半天,终于举手按响了门铃,但是不知道把鸡藏到身后好,还是把鸡放到前面好,不知道远方亲戚是"无稽(鸡)之谈",还是"见机(鸡)行事",正当沧海犹豫不决时,门开了,一位皮肤白皙的高挑中年妇女打开了房门,沧海马上把介绍信和老母鸡递向中年女子,简单说明了来意。中年女子看到这个土气十足却又不失灵气、满头大汗难掩英俊的小伙子别扭的举动,忍不住笑了起来,接过介绍信,没有接老母鸡,笑着把他让进了屋里。女主人正要提醒沧海换鞋进屋,瞥了一下他穿着凉鞋满是灰尘的双脚,把想要提醒的话咽了回去,把拿起准备给沧海换的拖鞋轻轻地放回了鞋架。

沧海怯怯地问:"您是嫂子吧?表哥在家吗?"

女主人递过一杯水,点了点头:"你稍微等等,他很快就要下班了。"

客厅开了空调,清凉舒适,与街上的燥热形成鲜明对比;洁净清亮的地板照见人影,再看到自己沾满灰尘的双脚,沧海脸红了;

精致的红木沙发古香古色；宽频的彩电影像高清。沧海扫视了一周，感受到了农村土砖房屋与城市人家生活质量的巨大差距。再加上便捷的交通、丰富的商品，就不难理解白雪进城的强烈愿望了。

不一会儿，一位瘦瘦的中年男子回来了，他白白净净，戴着眼镜，下巴尖尖的，感觉健康状态不是很好。

女主人接过男子的公文包，说："回来了呀？你老家来亲戚了，峰南镇的。"

沧海马上把老母鸡放到脚边，毕恭毕敬地站起来说："表哥好，我是峰南镇五一大伯的邻家侄子沧海，今年参加高考上线了，但一直没有录取消息，"然后弯腰提起老母鸡……

"你这是什么意思?!"还没等沧海说完，"表哥"指着沧海手里的老母鸡正颜厉色地质问，"请客送礼，哪来的歪风邪气？"

沧海没有料到他会有这一出，心里有些发慌，但是没有见过大世面的沧海毕竟是当过班长考上了大学的农村优秀学生，不会被"表哥"的这一出吓坏，稍微定了定神，不慌不忙地说："表哥，我从大老远的乡下来看您，没有别的礼物，就这么一点土特产，感谢您和嫂子的热心帮助，这应该与行贿受贿、歪风邪气沾不上边吧？如果您觉得不方便帮助我，就当我走亲戚，讨餐饭吃，应该不成问题吧？我来自乡下，没有见过世面，如果不懂礼节，请多多见谅。"

看到这个一身土气的远房小亲戚能说会道，落落大方，"表哥"觉察到自己刚才的语气似乎强硬过了头，顿了一下，改变了口气："乡里乡亲的，这么客气干什么呢？如果在能力范围内我办到的事情，我肯定会帮忙的。如果你太客气了，我下次回老家怎么好意思？"

"不是我太客气，是太不客气，不懂礼节，还请表哥多多包涵，多多关照。"沧海谦卑地说,这也是心里话,找这么大的领导,办这么大的事,这么一点点礼物,他自己都觉得有些寒碜,但家里穷,又有什么办法呢?

消除了紧张气氛后,"表哥"听完了沧海的情况介绍,帮他分析了高考招生情况,安慰他不要太紧张,先把个人的高考基本信息留下来,抽空帮他去了解情况,如果能够帮忙就一定会帮忙的。同时,要他回东台县教育局去查看高考录取的最新进展,说不定已经录取。

已是午餐时间,"表哥"家留沧海一起吃饭,沧海没有谢绝,说实话,清早出来时只吃了一碗面,已经过了五六个钟头,年轻人正是长身体能吃的时候, 他早已饥肠辘辘。亲戚家的饭碗菜碟都很小,与农村的大碗吃饭大口吃菜相比,实在太小了。处长夫妇各人都只盛了一小碗饭,夹菜时也很秀气。处长夫人给沧海也是盛了一小碗饭,按照沧海平时吃法,即使不说一口吃完,也至多两三口就可以吃完。但一共就这么一小碗,沧海不敢狼吞虎咽,而是非常吝啬地慢慢地嚼着。这么一点点饭菜的刺激,更激发了沧海的饥饿感。沧海一粒一粒地挑着饭,一小根一小根地夹着菜慢慢地吃,碗里的饭吃得干干净净了,却还没有放下筷子的意思。

"嫂子"可能看出了沧海的心思,说:"高压锅里还有饭。我们都吃得少,你不要学我们,还可以加饭。"

沧海如释重负,谨慎地添了一碗饭,虽然不敢太放肆,没有吃饱,也不再那般饥饿了。

饭后,沧海没有久留,不好意思打搅处长亲戚的午休。谢过处长夫妇,沧海风尘仆仆赶到了东台县教育局。有很多考生和家长都在打探录取信息。过道的两边墙壁上贴满了各种录取喜讯,沧海挤进人群,神情紧张地搜索着自己的名字,找了好几张红榜都没有看见自己的名字,倒是看到了闵珺的名字,被省财经大学录取。沧海的心脏快要提到嗓子口了。

突然,有人在沧海的肩上拍了一下:"恭喜恭喜,金榜高中! "

沧海一回头,原来是闵珺。"你是高中了,恭喜你。但我半天都没有找到自己的名字。"

"来来来,在这里。"闵珺把沧海带到了过道的尽头,指着红榜的一角,"看到了吗? 沧海,莲城师范学院。"闵珺兴高采烈地嚷嚷。她表面上是为沧海找到了录取信息高兴,但看得出主要是因为自己被热门大学录取。

终于看到了自己的录取信息,沧海长吁了一口气,虽然是一个冷门的师范学院,自我解嘲地说:"大家闺秀奇女子,闵珺金榜高中;山村农家野小子,沧海榜末留名。"

闵珺哈哈一笑:"才子,才子,不愧文科班的高才生,出口成章。"然后告诉他,白雪到县一中插班补习去了。

沧海提议:"我们一起去看她,可好? "

闵珺说:"一中是省直重点中学,学校抓得很紧,哪像我们峰南中学不紧不慢,不慌不忙,外面打烂二十面战鼓,还当是鸡啄盘箕响,8 月初,他们高三就开学上课了,只放月假一天,每隔一个星期,周末才有半个下午的放风时间。你认为他们每年考那么多重点大学,好几个北大清华,当真是天降奇才? 还不也是拼死拼活拼出来的。这个时候去看白雪,只怕她没有时间见我们,而且天不早了,如果去看她,我们可能赶不上回峰南镇的客车。"

沧海觉得闵珺言之有理,就与她一同乘车回到了峰南。

7.秋水离别

9月初,沧海等到了莲城师范学院的录取通知和入校须知,学校通知新生9月下旬报到。接到通知后,该忙着办理户口、粮油的迁移手续了。还要置办读大学的行头,也该准备一口皮箱,添几件新衣服了。沧海披上新买的黑色西装,穿上皮鞋,在镜子前转了转,售货姑娘一股劲地赞美:"帅!"沧海自己也感觉西装革履一上身,顿时扫除平日的十足土气,"三分人才,七分打扮"一点也不假。

就快要上学了,这天,沧海在村公所的便民小店的柜台上看到一个磨损严重的信封,信封上写着他的名字。是白雪写来的,发信时间已有一个多月,山村收信不方便,尤其是平信,被弄丢并不新鲜。信上追忆了在峰南的美好时光,也表达了当下的寂寞与孤单,学习太紧张,而且作为一个插班复读的学生很难融入新的班集体。并且提到,希望能够借用他那台小巧的收音机,有收音机陪伴,聊以慰藉,就好像他在身后默默支持。再过三天,他就要到远方的城市读大学,而明天,正好是一中的双周星期六,高三学生有半个下午的放风时间。他果断决定,明天带上那台心爱的小收音机去看望白雪。

次日,天气阴凉,秋风习习。他穿上了准备上大学穿的黑色的新西装。中午时分到达了一中。正巧,刚进校门就看见白雪独自一人正在路旁的宣传橱窗前阅读窗内内容,她把头发扎成两个小把,显得更加清凉,穿一件绿底上起白点的女式西装,戴着一副眼镜,看起来比以前清瘦一些,典型的清纯知识女性形象。他原认为不容易找到她,因为既不知道她的教室,也不知道她的寝室,还不认识别的同学,没想到一进校门就见到了她,慨叹"真是缘分天注定!"他悄悄地走过去,但是没有悄悄地蒙上她的眼睛,让她猜猜他是谁,而是用背包在她背上轻轻一拍,就像当年用笔杆在背上轻轻一戳。她转过背,见他如从天而降,几乎要手舞足蹈了,不由自主地跳起脚轻轻鼓掌,明亮的眼睛透过镜片放射欢快的光芒:"你终于来了,我好高兴。"

"再次见到你,我也很高兴。"沧海问她已是午餐时间,怎么不去吃饭。

她说:"不饿,心里就觉得今天有客人来,就先等等,没想到真的等到了你。这是心灵感应吗?"

"应该是吧,"他附和道,"别去食堂吃了,我来帮你改善一下伙食,我们下馆子吧。"

她同意,到校门口的饭馆吃饭,不过坚持不让他请客,一定要尽地主之谊。

等待服务员上菜时闲聊,白雪说:"你比以前白净了,精神了,穿西装很帅气。到底是人逢喜事精神爽。"

沧海也称赞了她的漂亮,然后带着心疼的口吻说:"这里抓得这么紧,学习一定很辛苦吧?我看你比以前清瘦了一些,还戴上了眼镜。别太苦了自己,别让考试太累着自己了。"

"不要紧。你和闵珺是我在峰南中学最要好的两个同学,这次都考上了大学,就剩下我还在忍受煎熬。你说不要被高考所累,知道你在安慰我,你们已经过了这道鬼门关,才说得这么轻松。不知道该不该说,得了便宜还卖乖,或者饱汉不知饿汉饥。"她神情黯淡地说。

他不想触动她敏感的神经,以免因观点不同出现不愉快的争辩,把话题从高考上转移,问:"眼睛还好吧? 新配了眼镜。"

"右眼还好,但左眼已低于0.2。因为晚上睡不着,深夜打着手电在被子里看书,为了不影响别人,总是侧向墙壁一方,久而久之,有只眼睛的视力下降得很快。以前就有些近视了,只是这段时间下降得比较厉害",然后她自我嘲讽地说,"我快要成为独眼龙了。"

他仔细看了一下她的双眼,虽然形状上并没有一大一小,但左眼确实没有记忆中那样明亮闪烁,秋波明眸。然后,他掏出精巧的收音机——到目前为止还是他唯一的"奢侈品",他的最爱,为了她,忍痛割爱:"以后晚上少躲在被子里打着手电看书了吧,如果睡不着,就戴上耳机听听收音,想学习就听听英语,想放松,就听听音乐,听听评书、小品和相声。这么漂亮的眼睛成了独眼龙,多可惜。"

白雪感激而又欣喜地接过收音机,调好频道放出一段悠扬的轻音乐。菜上来了。开始吃饭,两人互相敬菜,相敬如宾,就差举案齐眉了。

吃完饭,稍微说说话,沧海就起身告辞,不想耽搁白雪太多时间。从白雪的眼神可以看出有些恋恋不舍,还说某某同学有精神力量,有个读大学的男朋友在为她鼓劲加油,使她信心百倍。而自己长期有种孤独和寂寞的感觉。

听到这些,沧海用一种平和而又坚定的语气对她说:"白雪,如果你愿意我成为你的精神动力,请相信,当你感到孤独无助时,远方的我一定在为你祈祷祝福,只要你召唤,我会风雨无阻地赶来。而且,你不要为这份诚挚和热心,承担不必要的心理压力。如果你明年高考顺利,我知道你向往繁华的都市,不会乐意与我这个孩子王厮守在农村,我祝福你,目送你远行;如果明年高考失利,不必伤心,我将借个肩膀让你依靠,用我不算魁梧的身材为你撑起一片狭小的蓝天,为你遮风挡雨。"

白雪非常感激地说:"非常谢谢你,有你这样的朋友是我一生的幸运。但这么远,你不必多来看望,费钱又费时,挺不合算。而且你来了,我可能也没有时间接待你。就让我们相见不如怀念吧。"

"好的,不相见,亦怀念。加油!"他手握拳头做了一个加油的手势。

白雪下午还有两节自习课,沧海也要乘车赶回峰南。没有久叙,她送他过河赶车回家——学校与市区隔河相望。河岸上只有杂草,没有柳树成荫,在摆渡口的附近有根高大的电线杆,她并没有"执手相看泪眼",只是慵懒地背靠电线杆挥手为他送别,他默默地登上摆渡的小船,站在船头向她挥手作别。秋风起,还夹杂着两三点雨星,他的西装衣摆在凉风中翻动。望着秋水中"舟遥遥以轻飏,风飘飘而吹衣"渐渐离去的沧海,白雪鼻子有些发酸。河面不宽,很快到了对岸,他再次向她挥挥手。匆匆地他走了,正如他匆匆地来,他挥一挥衣袖,只带走衣袖上的雨水,随同她无穷的思念。望着沧海的背影消失在对岸茫茫人群之中,白雪突然心中一空,赶紧侧过身,抱住电线杆,耳朵贴近电线杆,仿佛依偎在心上人的怀抱。

有谁知,这一别,多年不再邂逅。这幅美丽的告别图景定格在沧海的记忆里,成为永恒。

8. 背影伤怀

开学初,沧海不巧病了一场。这一折腾,有一个多月没有联系白雪了。应该要给白雪写信了,介绍一下入学的新情况,对她学习多鼓励鼓励。至于诉说衷肠的话就不急着说了吧,人家还要为明年七月份的高考奋力拼搏,不分心、不添乱为好。信发出之后,期待回复,哪怕只言片语也好,然而,一个月过去了,没有回音,再写,又是一个月,仍是泥牛入海。沧海心里有些难受,但尽量为她开脱:也许是太忙,没有时间回信;也许,我的信她没有收到;也许是回信了,邮递员不小心弄丢了……

放寒假了,想到中学放假比大学晚,高三放假更晚,沧海回家绕道东台县城,准备去一中看望白雪。在街上遇到了开服装店的唐倩燕。走进店门,沧海客套地问道:"唐老板生意兴隆吧?"

"生意要兴隆,还得靠顾客青睐。大学生来了,不支持支持我的生意? 一定特价优惠。"唐倩燕微笑迎宾。

沧海应付走了一圈,说实话,还真没有看到合适的衣服,但他脸皮薄,来到老同学店子里不做点生意有些不好意思,东瞧瞧,西瞅瞅,在一串丝巾前面停了下来。唐倩燕马上热情地凑过来:"这么精致漂亮的丝巾,便宜得很,要不来一条?"然后拿起一条粉红色的丝巾说,"送一条给白雪? 这条很配她的肤色,她一定会喜欢。别人买十五块,你是老同学,十二块。"见沧海没有反对,就取下来包装好递给他。

沧海稍微犹豫了一下,然后顺从地接过丝巾,付了款,顺便问道:"燕子,你最近见过白雪吗? "

唐倩燕回答说:"十月份之前,偶尔见过一两次,后来就没有见过了。不知道是太忙很少上街,还是转到别的地方去了。"停了一下,她问沧海:"你们没有经常联系吗? "

沧海摇了一下头, 没有直接问答:"我等下到她学校去看看吧。"

来到一中, 这次没有上次那么好的运气,走了几圈都没有碰见,问她班上的同学,说白雪已经退学了,好像是招工进城了,但没有留下联系方式,她是插班生,与班上同学没有亲密交往。沧海揣着丝巾乘兴而来败兴而归, 又来到了秋水长天之时依依惜别的河边渡口。时下,正值隆冬,少了一份当日离别时秋风送爽、秋波荡漾的温情,只有凛冽的寒风,呜咽的河水,沧海心里空荡荡的,踏上了回峰南镇的归途。

回到峰南镇,沧海想到白雪家里看看,了解究竟。走过当年雪地送书的马路,经过曾经塞纸条给白雪的池塘边柳树下,翻过一个山坡,几经打听,终于找到了白雪的家。但是,门上挂锁,人不在家。向邻居打听了解到,白雪的舅舅是城里某企业的一个中层干部,帮她弄了一个国有企业招工的内部指标,白雪已经在一家公有制中型企业上班。

沧海徒劳往返,离开白雪家后,到峰南河堤上走走,他想独自一人在这里追寻一下往日梦幻。早几天下了一场大雪,因为河滩上很少有人来,积雪尚未融化。沧海咯吱咯吱地踩着积雪慢慢顺河而下,似乎能够从河边找回往日的记忆,甚至白雪就在下游的某个地方等待他的到来。走了很久,走了很远,沧海回首来路,雪地上一行孤零零的脚印一直延伸到视线之外。伊人不再,波心动,冷日无声。白雪终于跳出了农门,而且没有经受高考的再次折磨也顺利地进入了城市,成为城里人。沧海孤独地站在这片残雪上默默地为她祝福,却无法释怀她的悄然离去,音讯全无。因为记忆中,她那善睐的明眸,分明表达了一份深情,暗送的秋波,明确地流露了一份依恋。一阵冷风吹来,灌进了沧海的鼻子,他呛了一下,鼻子发酸,潜然泪下,不觉心疼自己起来。

经过多方打听,得知白雪的单位与自己所读大学同城,沧海几经周折在一个秋日的下午找到了工厂,他到达工厂时,工人正好下班,工厂门口,他眼前一亮,那个一袭白衣裙,一头秀发的美丽女孩不正是他牵挂的白雪吗?沧海兴奋地朝那边挥挥手,白雪似乎看到了沧海,朝这边微笑示意,并且快步向这边走来。沧海快速迎过去,近了,但好像白雪的目光似乎并不是投向自己。

"白雪!"身后传来一个男子的声音。沧海回头,一个文质彬彬,戴着眼镜的男青年骑着一辆雅马哈摩托奔驰而来,冲到沧海前面戛然而止。

"雷德乔!"白雪欢快呼应,一溜小跑靠近摩托。然后轻轻一跃,侧坐到摩托后座,右手抱紧车手的腰,左手握住挎包。摩托车突突几声,然后急转弯掉过头来,飞驰而去。

沧海一脸愕然,望着远去的背影,半天没有回过神来。他似乎明白了自己书信泥牛入海、白雪长期杳无音信的原因,沧海不知道该祝福白雪生活幸福、爱情美满,还是怨恨她的功利世故、移情别恋。但不管是爱还是恨,在以后漫长的岁月里,沧海再也没有去联系过白雪,有意让这份记忆渐渐淡忘。

毕业后,沧海没有选择回家乡工作,而是远离家乡,到外地寻找出路⋯⋯

尾　声

版本一

　　大学毕业后,沧海没有选择回家乡工作,而是远离家乡,在外地一个乡镇中学当老师。后来停薪留职南下广东打过工,再后来回到学校考研,考博,成为了一名大学教授,在城里安了家。因为读的书多了,同学多了,又远离家乡,他基本脱离了高中同学圈。这次高中同学聚会,儿时好友陈商浮盛情邀请他参加,而且反复强调,白雪对他仍是念念不忘,这次也会参加聚会。陈商浮传递的信息,到底勾起了沧海对青葱岁月的深度回忆,并且发现内心深处,白雪的影子一直挥之不去。尤其是秋水长天之时,更易触景生情:秋日余晖下的邂逅,秋风吹皱河水时的挥手离别,以及宛如秋波的善睐明眸,像电影,在脑海反复放映……

　　迟迟不见白雪的身影,沧海想着心事,不觉走下层楼,走出了同学聚会的宾馆,来到了当年挥手离别的渡口附近。渡口修葺一新,颇具现代气息,庆幸附近那根高大的电线杆依然还在。睹物追思,思绪万千。沧海背靠着电线杆,凝望河面,回想着当年的离别景象。

　　突然,他感觉到有另一个人走过来,也靠向电线杆,惊回首,

"是你？"两人几乎同时发声，"白雪！""沧海！"岁月似乎并没有在两人脸上写上多少沧桑，只是增添了成熟与沉稳，两人并没有因为二十多年不见而不相认。白雪告诉他，几乎每年的这个时候都会来这里靠一靠，看一看，回忆一下当年的往事。沧海惊讶于白雪几乎每年都来这里回忆往事，却不解她当年的音信不回，和明知曾在同一座城市却不去联系。

白雪说，沧海写信的时候，她已退学当工人去了，没有收到他的来信；也曾经到沧海就读的大学找过他，没有找到，因为一直认为他是中文系学生，后来才知道他读的是政史专业；也曾试图到大山深处的他家去找他，但半路上被一条挂在树枝上的大蛇吓得半死，半路折回家了。雷德乔是她在师院中文系找沧海时碰到的家乡小伙，人很好，当时还帮白雪在中文系寻找过沧海。后来，他经常找白雪，渐渐地两人就成了朋友，在长期得不到沧海的消息后，她与雷德乔相知相恋成亲了。两人日子过得平平淡淡，波澜不惊。白雪总觉得生活中缺了点什么，夜深人静之时免不了思念沧海。当年只是有些害羞，不愿主动说破，一直等待沧海明确无误的表白，但一直没有等到。她并不知道沧海曾经到工厂门口等过她，当时没有留意，没有看到沧海，如果沧海当时叫住她，或者以后继续去找，应该是完全不同的结局。她没有怨恨，只遗憾当年沧海来一中看望她时，没有细心一点问清楚他在大学的所学专业和所在班级，遗憾离开补习班级时没有找一个要好的同学保持联系，转寄书信。

沧海说，当年挥手离去，而不是执手相看，二十多年了，一直未曾牵手，问今晚能否牵牵手？他伸出了自己的右手。

白雪伸出双手握住，沧海顿时感到一股暖流迅速流遍全身。两人正要紧紧拥抱,白雪的手机响起,惊醒了两人,赶忙推开,她掏出手机一看,是丈夫来电,告知婆婆心脏病突然发作,已送往医院抢救,要她赶快回去。

望着忧心忡忡的白雪,沧海问:"你翻过千山,我走过万水,终于短暂相聚,又要匆匆离别? 我们下次什么时候再会呢?"

"我不知道,我不知道!"白雪眼含泪水使劲摇头,"我们有缘无分,有缘相识,无缘相爱。相见很早,重逢太晚,太晚!"

"就这样相见不如怀念?"沧海问。

白雪艰难地点点头:"不相见,也会怀念。"

沧海送白雪上车,望着她乘坐的车辆汇入车流,消失在城市的茫茫车海之中,挥动的手臂久久没有放下……

总是经过得太快,领悟得太晚。不经意,造成误解;犹豫间,机会错失。而且一旦擦身而过,也许永不邂逅!

版本二

在高中毕业后二十多年的漫长岁月里,沧海白雪的情感交集并非一片空白,还有很多故事,甚至与其说后面的故事是尾声,还不如说学生年代的故事是序幕……

城乡遥 》

1.六月梦雪

20世纪90年代中期。

6月的一个黎明。

"咣嚓,咣嚓——",一列自东往西的火车迎着清晨薄雾奔驰在浙赣线上,车上人头攒动。这个时候既是高校学生放假回家的高峰期,又是出外打工的民工回家赶"双抢"农忙的高峰。车上很挤,不仅座无虚席,而且,过道上也挤满了乘客。有座位的还能靠在座椅上随着车轮与铁轨摩擦发出有节奏的"咣嚓,咣嚓"声打个盹,休息片刻,站在过道上的乘客纵然练就了站着也能睡觉的功夫,也会因为车身摇晃而不时惊醒。有个民工倒也想得奇巧,把随身携带的一个编织袋铺到别人的座位下,然后缩到座位下躺在编织袋上酣然入睡。

许是太困了,一位大学生模样的清瘦青年,转着迷离的双眼到处寻找能够躺下睡觉的地方。有了,突然他眼睛一亮,看到了旁边的行李架上有一小段空隙,就对座位上的人礼貌地说声"对不起,请让让",然后纵身一跃,爬上了行李架,把行李往两边挤挤,腾出一个空间,把随身携带的背包往头下一枕,俨然一个天然的枕头,怡然自得,很快发出轻微均匀的鼾息声。

一位人高马大的乘警走了过来："喂，下来，下来！"

青年探出头来，睡眼蒙胧，"叫我吗？"

"不叫你，还叫谁呀？这是行李架，放东西的地方，你是什么东西呀？"乘警没好气地批评道。

"报告警察叔叔，我不是东西。"

"你也知道你不是个东西，那你还躺到上面？"

"警察叔叔，你怎么骂人呢？"

"别啰唆，不要磨蹭了，赶快下来。这不是睡人的地方，这么轻巧的行李架很容易压坏的，一旦压断后果不堪设想，会出重大安全事故的！"

青年在行李架上拍了拍："我觉得还蛮结实的，不要耸人听闻好不好？"

"你下来不？要我动粗是不是？"乘警显然有些生气了。

"别生气，别生气，我下来还不行吗？"青年很不情愿地爬下行李架。

"车票呢？请出示车票。"

青年往自己的衬衣口袋掏了掏，又往裤兜里摸了摸，然后又往背包里找了一遍："糟了，我的车票呢？"

"你打了票没有？"乘警责问道。

"天地良心，我发誓，我绝对打了票。我在南京大学的火车票代购点买的，从江苏经上海浙江江西再到这里，我没打票能坐这么远吗？正是因为这么千里迢迢困死了，我才爬上行李架睡觉。"

"别发誓了，也不要这样激动了，有票就拿出来，没票就到 8 号车厢去补票吧。"然后乘警又往别的车厢检查去了。

乘警走后,旁边有个乘客问青年:"你是南京大学的学生?"

"是大学生,但不是南京大学的,只是路过那里买了张车票。"

"没事了,不要紧。他们对军人、学生还是很客气的,如果是民工,或者小商小贩,就没有这么客气了。"

青年长长地吁了口气,想不到自己这副书生气,今天还成了护身符,免除了处罚和打骂。

中午时分,列车驶入莲城市火车站,青年下了车,在车站附近胡乱吃了点东西,权当午餐。然后乘大巴到了东台县汽车站,查看汽车时刻表,发往峰南镇时间最近的一班车还有一个多小时,最迟的一班车则还有三个多钟头。候车室比较吵,不如到外面走走。不觉来到了当年与她挥手告别的渡口。那根她当年慵懒地靠着的电线杆还在,当年,她靠着这根电线杆,望着他默默地跳上渡河的小船,风飘飘而吹衣,舟遥遥以轻飏,然后挥挥衣袖消失在对岸的人群之中……

他也想背靠电线杆回味一下当年的情景,但6月午后的太阳有些毒辣,光秃秃的电线杆被烈日晒得滚烫,背靠上去有烧烤的感觉,全然找不到当年秋水长天之时,她靠着电线杆时的那种慵懒舒适感觉。幸好,有人想到了为渡河之人方便遮阳挡雨在旁边新建了一个小亭。他走进小亭背靠一根亭柱面朝河面坐下,望着阳光下熠熠生辉的河面浮想联翩:秋天落日余晖下的桥头邂逅,初冬茫茫雪地上骑车送书,春日黄昏球场边的传球闯祸,夏季街头的危难真情……

想着想着,千里奔波的疲倦慢慢爬上眼皮,他睁不开眼睛,进入了梦乡……

雪花飘飘,飘到了他的额头上,鼻尖上,手背后,凉丝丝的。再望望眼前的河面,不知什么时候开始结冰了。远处冰面走来一位身着白色羽绒衣服的妙龄女郎,近了,好像她在溜冰,风姿绰约,翩翩起舞,宛若冰上芭蕾。她转过身来,回眸一笑。他惊讶地发现,正是日夜思念的人儿。他赶忙站起身,奔跑过去,大声呼喊着她的名字:"白雪——"

她也看到了他,飞奔过来:"沧海——"

近了,近了,眼看就要抓住对方的手,忽然脚底一滑,咔嚓一声,脚下冰块开裂,沧海掉进了冰窟窿,他奋力地往上爬,就是爬不上来,而白雪身下的冰块正在往远方飘去。

白雪伏在冰块上,用力地把手伸向沧海,呼喊着"沧海——"声音凄厉绵长,仿佛四年前沧海在街头与那群小混混激战时的嘶喊……

"沧海,你醒醒,沧海,你醒醒。"沧海睁开迷离的睡眼,看到了一张熟悉的面庞。

"怎么是你?你怎么来了?"沧海迷惑地问,"我不是在做梦吧?"

"你刚才肯定在做梦。看你哇哇乱叫,手脚乱动,应该是一个恶梦。"

"我知道刚才睡着了,做了梦,首先是美梦,然后转成了恶梦。"沧海解释道,"我是问,现在见到你是不是在做梦?"

"哦,那很简单,"来人俏皮地说,"我掐你一下,你就知道了。"然后用劲一掐。

"哎哟,痛痛痛!"沧海眯着眼睛,歪着嘴巴直叫唤。

"痛就对了。梦已经醒来,一切如故。"

2.滨河情影

　　沧海从江浙乘火车千里迢迢回到了东台县，因为回峰南镇的大巴还没有到点，就来到了四年前与白雪依依惜别的河边渡口。太疲倦，倚着渡口旁边小亭的柱子睡着了，进入了梦乡，先是喜梦，后转恶梦。正在这时被人推醒。沧海睁开迷离双眼看到一张熟悉的脸庞，以为还在做梦。来人使劲掐了一下他的胳膊，痛得他哇哇直叫。那人说："痛就对了，梦已经醒来。"

　　沧海揉了揉掐痛的胳膊说："白雪，女神什么时候变成了女汉子？下手这么重，快成女神经了。当年绝情离我而去，伤透了我的心。今天还要这么狠命地掐我。"

　　"慢慢慢！我什么时候绝情离你而去。你不说清楚，看我不打死你。"白雪说着，又要掐沧海。

　　沧海赶忙告饶，然后回顾写信没有收到她的回信，找人不得，以及在工厂门口的背影伤怀。问她是不是已经找到了男朋友，如果真如此，践行当年的诺言，默默祝福，绝不纠缠，虽然心里有些滴血。白雪说，沧海写信的时候，她已退学进工厂了，没有收到他的来信；也曾经多次到莲城师范学院找过他，没有找到。因为她认为沧海作文写得好，肯定是中文系的高才生，后来才知道他读了别的专业;也曾试图到大山深处的他家去找他,但被半路上一条挂在树枝上的大蛇吓得半死,半路折回家了;雷德乔是她在莲城师院中文系找沧海时碰到的家乡小伙,人很好,当时还帮白雪在中文系寻找过沧海。后来,他经常找白雪,渐渐地两人就成了朋友,但并非恋人。其实她心里装着的还是沧海,只是有些害羞,不愿主动说破,一直等待沧海明确无误的表白,但一直没有等到。每次回到东台县,白雪都会来到这个渡口回味一下当年的感觉。这次是随领导来东台县出差,又想到这里体会一下感觉,心怀能够偶遇沧海的侥幸,没想到居然梦想成真。

"雷德乔确实来得巧,经常在我遇到困难的关键时候出现,我们是朋友,可以说他是我的男闺蜜,但不同于你我的感情。"然后深情地望着沧海说,"你打下了那么坚实的感情基础,难道不愿意盖起一栋华丽的情感殿堂?难道就这么轻易地成全雷德乔?"

"肯定想啊,做梦都在想,刚才就在做这样的美梦。但是很快美梦就变成了恶梦。"沧海幽幽地说,显得有些担忧和不自信。

"无根无据,稀奇古怪的梦,你也信。"白雪安慰道。

"我知道你向往繁华的都市生活,而且不用高考,已经跳出了农门,实现了华丽转身。我恐怕让你失望了,虽然考上了大学,现在大学毕业了,但是十有八九又要回到农村在乡村中学当起孩子王。我不在意农村,喜欢乡土气息,但凭我的感觉,这不是你的志趣。"

"你毕业后,分配到哪里工作?"白雪并没有正面回应。

"我们现在统招统分与双向选择相结合。大学毕业了,即使待在家里不去找工作,也会有分配,过一段时间邮递员会把挂号信送到家,信函告诉你什么时候到哪家单位去报到上班。但工作单位不一定满意。如果我在家等通知,最大的可能性是到峰南中学——我们的母校去上班。"沧海解释道。

白雪问沧海今天为什么到了这个渡口。沧海把此次去江浙一带求职的过程做了介绍。沧海被师范学院录取,但并没有圆他的文学梦,被调剂到了政史专业,比较冷门,就业门路不宽。像他这种无背景,没社会资源的学生,是不可能留在城市工作的。沿海发达地区需要大量中学教师,不少招聘广告打到了学校。沧海虽然对乡村有一份真挚的感情,但好不容易考上大学,鲤鱼跃出了龙门(农门),大学毕业后依旧回到农村,还是有些不甘心,决定独闯江浙找工作。并且在富庶的江苏无锡找到了一份中学老师工作。教育局的领导答应,如果女朋友是应届大学毕业生可以照顾分配到一个学校工作,可惜他在大学没有谈朋友,不知白雪是否算得上,而且她不是应届大学毕业生——这份福利他是无法享受了。当他站在江南第一村——华西村的大道上,被华西村与家乡的巨大反差震撼了:气派的乡村企业,规整的田畴,宽阔的道路,豪华的别墅,以及那个夸张的形象工程——"龙的传人",都给他留下了深刻印象。

白雪问:"你到江苏去工作,是城市还是农村?"

"应该是农村,他们城市中学不缺教师。"

"有多大希望在华西村工作呢?"

"鬼知道,应该基本没戏。"

"那你还去那里干吗?"

"人家是沿海发达地区呀,现在不是时兴孔雀东南飞吗?"沧海辩解道。

"孔雀东南飞,又飞到人家农村里。自欺欺人,没出息。"白雪给兴奋的沧海当头泼了一盆冷水。

虽然是半开玩笑半当真地说话，但沧海听起来还是有些不顺耳。"看来我还是高攀不起，连我千辛万苦在沿海发达地区找到的工作你都不屑，如果是回到我们贫穷落后的峰南镇，还不知你把鼻子仰到哪里去。真不该到这里来寻找我往日的梦幻。难怪梦里喜剧很快变成了悲剧。世事难料，人心难测啊！"

"我有这么俗气吗？你是高抬我还是贬低我？如果不是对你有一份真情实感，我也不会经常到这里来回味。我怎么敢瞧不起你？你是大学生，我当年高考落榜——这一直是我心中的伤疤。"白雪觉察到了刚才用词与口气的不恰当，赶紧解释，"我是在激励你，你有才华，有理想，我相信你不会甘于现状。其实你可以考研究生啊！"

然后，白雪讲到他哥哥研究生毕业，在省城江南理工大学工作，学校给了很好的待遇，还解决了她那下岗职工的嫂子的工作。"现在我们工厂也不景气，说不定哪天也要下岗。如果真如你所说，要为我撑起一片天空，为我遮风挡雨，我还指望你研究生毕业后把我带走，找一个好去处呢。我怎么敢嘲笑你，瞧不起你呢？"

"我可不敢担保一定能考上研究生噢，更不敢担保很快就考上，一次就能考上。"沧海试探地问，"你有耐心等吗？"

"我等得起，现在我们都还年轻，刚二十出头。中学时，那种青涩朦胧的感觉很好，但青苹果慢慢地也会成熟。我懂得对这份感情的珍惜，也不再躲躲闪闪掩饰这份真情。"

两人会心地相视一笑。沧海看了看地面,惊讶地说:"咦！刚才下雨啦？"

"是的,这6月的天就像小孩的脸,说变就变。你睡着了,幸亏坐在亭子里,不然的话,一定会淋成一个落汤鸡。"

"哦,难怪我梦见雪花飘落在我的额头、鼻尖、手背,凉丝丝的。原来是睡着时飘在身上的雨丝。"然后望了一下远方,远处的阳光中仍然飘着雨丝,典型的太阳雨。沧海情不自禁地念叨,"东边日出西边雨,道是无晴却有晴。"

"别诗兴大发了,我们到河边走走吧。"白雪建议道。

两人走出小亭,肩并肩地在河边慢慢散步,时而耳语轻言,时而爽朗欢笑,在太阳雨的映衬下,构成一幅美丽的滨河情影。美好的时间往往过得很快,不觉太阳西下,黄昏将至。沧海发觉已经错过了回峰南镇的最后一班车,但沉住气不想打破平静,提前结束这段美好温馨的相伴而行。白雪也发觉时间不早了,要回出差落脚的宾馆了。沧海装出阔气的样子邀请白雪进县城的特色饭店共进晚餐,还说当年在峰南镇让白雪喝醉了,但没有吃好,今晚一定要喝好吃好,如果白雪还敢喝酒,再来个不醉不归。白雪说,今晚陪领导有应酬,领导交代不能迟到,更不能缺席,共进晚餐就暂时存起来,下次翻倍补偿吧,破费沧海请大餐吧,反正沧海马上可以拿工资,有钱请客了。

望着白雪匆匆赶往宾馆的背影,沧海心情非常矛盾,一方面希望她真的能够留下共进晚餐,能够让她吃好是他的心愿,如果能小酌一杯,更有情趣,当然,肯定不会像当年少不更事把白雪灌醉;另一方面,又庆幸白雪有应酬,他摸了摸羞涩的口袋,心想如果她真的留下共进晚餐,他只点得起两份小菜,肯定尴尬。沧海从小养成了节俭、自立的习惯,这次闯荡江浙,没有问家里要钱,就靠自己当家教积攒的小钱,尽管省吃俭用,跑了这么一大圈,身上已经没剩下几个铜板。

已经错过最后一班车,回不去了,今晚如何度过?住旅馆?好像消受不起;睡汽车站候车室的椅子上？县城汽车站晚上不发车,候车室晚上会关门。奶奶的,难道今晚要流落街头不成？沧海漫无目的地在街上徘徊。

突然,一辆摩托车嘎的一声紧靠沧海的身边停下,吓了他一跳,正要开口发火,看到摩托上的骑士身穿警服,头戴警帽,把想骂人的话硬生生地咽了回去,改用了一种诙谐的口吻:"警察叔叔,我在街边行走没有碍着你吧,不违规不犯法吧？"

"叔你个头哇！"骑士取下警帽,"你看我是谁？"

沧海喜出望外:"兄弟,你真是我的大救星呀！"

3.警官哥们

　　沧海与白雪沿着莲河并肩散步良久，沉浸在美好的二人世界久久不愿分离，以致沧海错过回峰南镇的末班车，送走白雪后，个人漫无目的地徘徊街头，这时一辆摩托车戛然停在沧海身旁，吓了他一大跳。沧海正要发火，回头见是个警察改用诙谐的口吻调侃了一句："警察叔叔，我在街边行走没有碍着你吧，不违规不犯法吧？"

　　"叔你个头哇！"骑士取下警帽，"你看我是谁？"

　　"之城，你披了这身蓝皮，也不应吓唬我这个小老百姓啊！尽管你在我的生命中多次充当救星。"摩托骑士摘下大盖帽之后，沧海认出了原来是自己的中学好友龙之城。

　　"我并没有吓唬你啊，是你自己做贼心虚吧？"之城开玩笑道。

　　"这话我就不爱听了，你是说我形象上贼眉鼠眼，还是神态上猥琐可疑？"

　　"随便开句玩笑，不要当真。"

　　"玩笑？我是学过心理学的，玩笑、酒后戏言，甚至口误，通常是潜意识的外化，说是玩笑，实际上就是这么想的。"

　　"得得得！读了大学，涨学问了？老同学老朋友随便开句玩笑还杠上了？"之城很不高兴地说。

沧海愣了一下："哦,可能我有点反应过度了。"然后解释说,上次随一个朋友到一个在银行工作的同学家里做客,吃饭的时候那个银行职员说话有些趾高气扬,感觉对沧海很不客气,但他一直大度随和地回应,认为人家也许就是这种大大咧咧的个性,随意才显得亲切。但回来路上,同去的朋友都觉得很不好意思,表示歉意,说这个同学确实有些铜臭味,认为自己在银行工作了不起,有些看不起教师,尤其是农村中小学教师,好像朋友中的穷教师都要打他的秋风,方便到就在车站旁边的他家蹭饭吃。沧海很受伤,那位朋友也说以后再不去那个银行职员家做客,更不会去吃饭了。那个朋友的同学给沧海留下了心理阴影,所以今天有些反应过度了。

　　之城表示理解,还说遇到几件家校矛盾的事,教师很受伤。"不过,如果你在我们县当教师,谁欺负你,我帮你出头。"之城拍着胸脯表态。龙之城读的警察学校,两年制中专,比沧海早毕业两年。毕业后,回东台县工作,在公安局当刑警。去年冬季在本县西部古墓群阻击和缉拿盗墓贼时,表现突出,荣立二等功。东台县西部历史上出现过几个大官,尤其是晚清时代,不少人跟随曾国藩镇压太平天国成为了湘军的重要将领,发了家,墓葬奢华,引来不少盗墓贼的铤而走险,掘墓盗宝。县公安局已经强力介入。那天晚上,东台县公安局获得可靠消息,一群盗墓贼准备盗掘一座明代知府的墓葬。龙之城与两个警察受命提前潜伏在古墓的附近,把握时机,为远处的大部队发出围歼的准确信号。午夜时分,一群盗墓贼乘着夜色摸到了古墓附近,黑压压的一群,估计不下 30 人,鬼鬼祟祟地来到古墓旁边,在一个光头大汉的指挥下,锄头、铁锹一齐用上,迅速进入盗掘状态。之城马上向坐镇指挥的公安局长发出信息,大部队迅速收拢。但是盗墓贼盗宝心切,嫌弃锄头、铁镐进度太慢,在安放炸药,准备炸开古墓。这还了得? 如果他们得逞,就会严重破坏古墓,损毁珍贵文物。危急之中,龙之城在没有等来大部队之前,提前现身,大吼一声:"住手,我们是警察!"

盗墓贼停下手中的活儿看过来, 见他们只有三个人, 不以为然。为首的光头大喊:"兄弟们,不要怕,他们只有三个人,操家伙,收拾他们!"

听老大这么一吼,有几个家伙真的操起家伙冲过来。"砰!"的一声,之城鸣枪示警,"不许动!"

"不要怕,警察不敢开枪杀人!"光头继续鼓动。

"砰!"见鸣枪示警无效,之城一枪撂倒了冲在最前面的一个。这时,四面警笛声响起,估计是大部队听到枪声觉察到情况有变,鸣笛加快了围捕速度。众贼见状,无心恋战,抱头鼠窜,作鸟兽散。"砰!"之城又一枪击中了一个逃贼的小腿。

是夜,公安局大获全胜,抓捕了十几个盗墓贼,逃跑的首犯也在不久之后落网,瓦解了盗墓集团,县域西部盗墓贼猖狂的状况得到有效控制。龙之城的英勇表现赢得了嘉奖,破格晋升为二级警司,当上了派出所的副所长。

沧海非常佩服龙之城的英雄本色,而且非常感激他,认为是自己生命中的救星,那次为了维护白雪的尊严,在街头与小混混打斗,如果不是龙之城的及时出现,出手相救,自己还不知要承受多大的伤害。

南方的 6 月,天气炎热,傍晚时分很多人都下河游泳解暑,男女老少都有。那些身着泳装,身材曼妙的年轻女子成了河滩上的亮丽风景。之城邀请沧海一起到河边游泳,洗去一身疲惫,然后共进晚餐,住到他那里。沧海、之城的水性都不错,觉得在河边游得不过瘾,两人决定游到河心岛玩玩。之城甩开膀子,迅速游向小岛,沧海快速跟在后面。后来两人的距离越来越大,之城很快到达了目的地,爬上了岛屿,沧海却还在奋力划水,但就是前进缓慢。之城定睛一看,奇了! 沧海的头并没有与岛屿方向垂直,而是斜向上游,奋力逆流而上,结果大量体力与水流冲击力量相抵消,几乎寸步难行。今天下午下了雨,涨水了,水流量比平时较大,有岛屿的这段河流河床有落差,水流速度更快,沧海想逆流而上,即使不算找死,也是自讨苦吃。龙之城赶忙大声呼喊:"沧海,摆正头的方向,顺着水流游过来! "

沧海听到喊声,抬起头看了看之城,然后摆正方向,仰面朝天,顺着水流仰泳,保持体力,不久就游过去了,之城搭把手,把他拉上了岸,问他为什么逆流游泳。沧海的解释让之城哭笑不得:"根据力学原理,两个力作用于同一个物体,产生的合力方向是以两力方向为邻边所作平行四边形的对角线。为了垂直到达对岸,必须斜着往上游方向奋力游去。"

"我的书呆子呀,一知半解害死人哪。你能人力抗击水力? 就算合力方向是平行四边形的对角线,你这条对角线也不一定要垂直对岸啊,对角线斜向下游不行吗? 你大概以前只在池塘或水库游泳过,没有到有流速的河水中游过吧? "

沧海点头称是。为了顺利地游回刚才放衣服的对岸地点,龙之城带沧海走到岛屿的最上端,然后一起顺流漂向对岸。河水在耳边哗哗作响,漂过急流地段时,沧海感觉像一片无根的落叶随波逐流,旋转飘忽,真担心渺小的身躯会被浩荡的河水所吞噬,永远离去,不再回来,越想越后怕。总算游到了河岸,因为泅水过去时消耗了太多体力,沧海已是筋疲力尽,跌跌撞撞爬上河岸后,就倒下了,并且挖肠挖肚地吐了起来,而且感觉头发好像一根根地被人往外拔,两眼发黑,实在无力走回去。幸亏他们来时骑了一辆车,之城把沧海扶上摩托车,拖回了宿舍。沧海没吃晚饭,倒头就睡,睡到第二天半上午醒来。之城打来饭菜,让沧海早餐中餐一次吃了。沧海感叹之城又在关键时候救了他一次。正好这天,龙之城要到峰南镇去办案,就骑摩托把沧海捎带回了峰南。

　　沧海回家之前在镇上转转,在经过主街准备拐弯的地方,一回头看见"蓦然回首理发店"几个大字,嗨,还真有那个意境,进去看看是哪位高人在理发。走进理发店,年轻漂亮的理发师满脸热情地招呼道:"大学生回来了?"

4.小店奇遇

沧海搭乘龙之城的便车回到峰南镇后,在街上转转,在经过主街准备拐弯的地方,一回头看见"蓦然回首理发店"几个大字,出于好奇走进了小店。

"噫,不是唐大老板吗?"想不到那位年轻漂亮的理发师竟是同班同学唐倩燕!"在这里碰到老同学,还真有'众里寻他千百度,蓦然回首,那人却在灯火阑珊处'的感觉。"

"哟,大学生、大才子光临寒舍,有失远迎,有失远迎。"唐倩燕也故意文绉绉地说道。

"得了吧,能好好说话吗?还是叫我沧海吧。"

"好吧,沧海,你也别叫我唐大老板,仍然叫我燕子吧。"然后问,"来理发?"

"第一是来看你的,第二才是来理发的。"

"什么时候嘴变得这么甜了?我可没有这种奢望。谁不知道你心里装着白雪?"

沧海扫视店内一周,发现旁边还有一副肉架,觉得有些奇怪,便问:"你一个大姑娘,难道还当屠夫杀猪卖肉?"

"不行吗?你看我的肱二头肌有多发达。"她开玩笑说。然后解释说,她老公是屠户,每天清早杀了猪后,把大部分肉送往城里,把少量的肉放到了理发店,就让她顺便帮忙卖一下肉,充分利用人力和房租。唐倩燕说她三百六十行已经干过好几行了,摆过地摊,卖过小菜,开过服装店。但是,她并不精于做生意,觉得还是学门手艺好,靠手艺吃饭,实在。后来就学理发,在这里开了个店,感觉还好。

这时,有个顾客来买肉,她放下剃刀,操起屠刀切肉,过秤,用稻草结绳穿过肉孔提起肉递给顾客,收钱,找钱,动作麻利娴熟。送走买肉的顾客,放下屠刀,洗下手,拿起剃刀接着给理发顾客理发。

她这一连串动作虽然熟练流畅,但在沧海看来,总觉得有些滑稽,就开玩笑说:"燕子,你这店名'蓦然回首'确实有诗意,也切合所处的地理位置,不过,"顿了一下,故意卖关子说,"不够有个性,如果加上一副对联就好了。"

"你说来看看。"唐倩燕说。

"听好了,上联是:操起屠刀剁肉;下联是:放下屠刀剃头。怎么样,够有特色吧?"他扬扬自得地说,仿佛还有讨赏。

唐倩燕沉住气问:"横批呢?"

"噢,不急,横批更加有趣:以刀待客。店名就改以刀待客店,把原来的那个牌子撤了吧!"

"没有了?"

"可以了,已经很好了。"

"劳你大驾帮我写这么好的对联,取这么好的店名,是不是等着领赏?"

"不必客气,等下免费给我理个发就可以了,老同学知识产权转让,优惠优惠。"沧海油嘴滑舌。

刚才那位理发的顾客笑看他们的对话,理好了,付完钱笑着走了。

　　"你不是要我给你免费理发,感谢你帮我取了个好店名吗?过来呀,坐好,我给你理呀。"唐倩燕抖了抖围裙,招呼沧海过去。

　　沧海走过去坐到理发椅子上,半眯着眼睛,做闭目养神状,但从镜子里看到唐倩燕操起屠刀从背后走过来,吓得半死:"你,你,你要干什么?"

　　"你不是要我以刀待客吗?今天我就让你尝尝操起屠刀剃头的感觉。"

　　沧海回过神来,把手放到她的额头上:"没发烧呀,怎么有发烧的举动呢?"

　　"别碰我!没看到我屠刀在手吗?"

　　"我的姑奶奶,还真的生气了?"

　　"看你下次还敢舞文弄墨不?我的才子呀,如果真让你起这样的店名,挂这样的对联,我的顾客还不会让你全吓跑?你哪是帮我,是砸我饭碗的节奏啊。"

　　"玩笑,玩笑,不要当真,不要生气。"沧海忙赔小心。

　　唐倩燕扑哧一笑:"娱乐,娱乐,我也是逗你玩的。你总喜欢玩笑别人,今天我也跟你开开玩笑。"

　　沧海虚惊一场,两人相视一笑。然后一边理发,一边聊到其他同学的近况。沧海说:"现在农村青壮年外出的多,在家的少,回家很难遇到一个同学,见到你还真有蓦然回首,偶遇佳人的感觉。"

　　唐倩燕附和说:"是的,有本事的都到外面打拼去了,像我这种人能力不强不敢出去,我都快成留守姑娘了。"

"哪里的话,你留下来,是为乡村保留一道亮丽的风景。旧时王谢堂前燕,飞入寻常百姓家。你唐倩燕是流落民间的公主。"沧海引经据典地恭维她。

"知道你这是恭维话,不过爱听,就当你是真心赞美吧。"

中学时代,唐倩燕的家境较好,老爸开药铺,收入在当地算高的,是八十年代乡下少有的"万元户"。但是好景不长,受人鼓惑,她老爸向亲朋戚友到处借钱凑了二十万到新疆包工程,结果上当受骗,血本无归,曾经的小康之家一落千丈,负债累累,当年唐倩燕高考成绩离录取分数线只有几分之差,如果复读很有希望考个好大学,但家道中落,早早地结束了学业,早早地嫁了人。

突然,唐倩燕像想起了什么,问:"你大学毕业了吧? 到哪里去工作? "

"最大的可能性回母校工作,这样,经常可以看到你了。欢迎吗? "

"看我就算了吧,谁不知道你心里装着白雪? 但你如果能到峰南中学来工作,我还是蛮高兴的。我们毕业的第二年,学校就撤销了高中,改办初中,很多好老师都调走了,有的调到城里去了。这里需要你这样有学历有才干的老师。我还指望你以后能教我的孩子呢。"

"你已经有孩子了,多大了? 我们谈恋爱都觉得不好意思呢。"沧海惊讶地说。

"我不像你们有理想有出息,早嫁人,早生孩子,其实乡下我这个年龄结婚生子的很多。孩子今年两岁了,读初中还要十年以后,估计你等不了这么久,早就跑了,我也不希望你在这里混一辈子。

这里条件不好，留不住好老师。"燕子不无忧虑地说。

　　沧海告别燕子回到了家里，参加了紧张忙碌的"双抢"——打禾插秧，抢收抢种。沧海虽然是白面书生，但不失农民儿子的本性，仍然是干农活的一把好手。在忙碌的田野，像沧海这样的年轻人并不多，年轻农民都外出打工了，即使是农忙时节，也只有打工地点离家不远的少量年轻人会回家参加"双抢"，那些到沿海发达地区的打工仔、打工妹一般都不会在农忙时节回来帮工。沧海好不容易考上大学，现在大学毕业，当然并不喜欢这种整天面朝黄土背朝天，在烈日下烤炙的生活状态。但让他左右为难的是，不仅要在自家辛辛苦苦地干完农活，姑妈、舅舅等亲戚也请他帮忙，不帮？对不住老人家；帮，作为一个大学生整天干着这辛苦的农活，实在心不甘情不愿。以前对白雪向往城市生活，沧海还不是很理解，这次感受似乎特别深刻，也有尽快逃出农村的想法。7月中下旬总算忙完了"双抢"，这天下午，沧海难得片刻休息，坐在窗户下拿着一本《唐诗三百首》翻翻，其实也看不进去，心里还在嘀咕，江苏那边答应要我去工作，但是没有接收函，没有正式的就业协议，仅凭教育局一个干部同意接收的信件靠谱吗？这时，忽然听到外面有人喊："沧海！沧海在家吗？"

5.恩师来访

农忙之后,7 月中旬的某个下午,沧海正在自家窗前嘀咕,江苏那边要自己去工作的接收函怎么还没有到? 这时听到有人门外问:"沧海在家吗? "

沧海走出大门一看,来人正是自己初中时期的班主任老师石英才,忙把石老师迎进家门,让座倒茶。石英才是沧海初三的班主任老师,是沧海最敬重的中学老师。沧海生性顽皮捣蛋,而且还爱出风头,很多中小学老师不喜欢他,有些任课老师还在石老师面前善意提醒,沧海是个令人头痛的学生,要多留意,别让他坏事。但石老师不以为然,他看到了沧海身上的灵气,看到了他的发展潜力,很赏识沧海,多鼓励,多给他锻炼的机会。在石老师的教导和关心下,沧海的学习成绩迅速提高,一度获得班上考试成绩第一,典型的后来者居上,甚至是屌丝逆袭。后来沧海以优异成绩顺利地考上了高中。一个令人头痛的中游成绩的学生,取得如此快速的巨大进步,成为当时学校的奇谈。沧海很感谢石老师的赏识和教育,而石英才也很得意自己的"慧眼识英才"。初中毕业后,沧海还经常去看望石老师,有什么困惑,也喜欢去请教老师,比如高考填志愿就曾经请石英才帮助把握方向,这次找工作有些举棋不定,也打算去问问老师,没想到老师先来到了家里。

落座后,石英才询问了沧海今后的工作打算,沧海说出了自己的困惑。听完沧海的困惑之后,石英才说明了自己的来意。原来,峰南中学撤办高中改办初中后,石英才由原来工作的初中调到了峰南中学,并且因为工作出色和资历比较老,被提拔当了校长。这次到沧海家,是以校长的身份来看望新教师的。他告诉沧海,新教师必须在 7 月 15 日前到县教育局报到,即使有特殊情况最迟不能超过 7 月 20 日,否则,将扣发 7 月的工资,今天是最后期限,但沧海还没有去报到。石英才知道沧海被分配到峰南中学来工作,又惊又喜又担忧,惊喜的是自己的爱生来到自己的学校工作,一定会成为自己的得力干将,担忧的是,迟迟不见沧海去报到,今天已经收到了教育局发来的"最后通牒",才不得不心急火燎地赶到沧海家探个究竟。

石英才说:"你有学历,有才能,不想回到偏僻落后的峰南,想到东南沿海去闯一闯的想法,可以理解。"猛吸一口烟后,他问沧海,"你在江苏签到了就业协议,拿到了接收函吗?"

"没有。"沧海如实地回答,"我在他们的教育局登记了名字,另外我手里有教育局一位干部写给我的盖有公章信件,信中同意我到他们那里去工作,并且说,只要有毕业证、学位证和派遣证就行,没有档案不要紧,即使我拿着派往东台县的派遣单到他们那里,也认账。"

石英才吐出一串长长的烟圈后,以长者的口吻说:"据我所知,在中国,如果是事业编制或公有企业编制的单位,还没有不要人事档案的。如果没有人事档案,就只能是聘用制,说白了,你到那里只能当代课教师。他们说派往这里的派遣证也行,是想在你到他们那里报到工作后,再凭证从我县调档案过去。但我县严重缺教师,肯定不会放。那么,要么你乖乖地回来,要么你不要事业编制,也就是打破铁饭碗到外面去闯。我有个朋友的孩子去年也像你这样到了广东,因为我们县教育局不放档案,最后还是回来了。"他平视着沧海的眼睛问:"你做好了打破铁饭碗的准备吗? "

沧海说:"至少我现在还没有。我们家世代务农,我好不容易考上大学,现在可以当公办老师了。我不敢轻易打破这个铁饭碗,再说我爸爸妈妈肯定不会答应。我只不过想到发达地区闯一闯而已。"

"沧海呀,如果想追求文艺,到北京闯一闯,那叫北漂;如果是想当演员,到浙江横店去碰碰运气,那叫横漂;如果是想到沿海去创业,那叫海漂。"石英才语重心长地说,"但凭我对你的了解,这三种漂都不适合你。你有教育情怀,有学术追求,当个老师蛮好的,别到外面去漂了,回来吧,到老师的身边来工作吧。"

沧海说:"老师说得在理,正如有首歌词里说的,小时候看你很神奇,长大后我就成了你。好吧,既然老师都这么说,我就回到老师身边向老师学习。"

"不能停留在老师这个状态上,长江后浪推前浪,一代新人胜旧人,要青出于蓝而胜于蓝。"

"老师是我学习的榜样,能达到您这个水平我就很自豪了。"

"要有更高的追求。我并不是要你一直耗在我的身边,你有学术追求,可以考研究生嘛!在纪律允许的范围内,我会提供方便的。我有个比你高几届的学生,今年考上了博士研究生,很不错,小伙子前途无量。你很聪明，一定也能做到。老师相信你。"石老师鼓励道。

"好的，有老师的鼓励和支持，我一定会努力的。"然后，沧海漏出了一句，"白雪也是这么鼓励我的。"

"哦，白雪是个好姑娘。"石英才问，"你们在谈恋爱吧？"

沧海不好意思搓了搓手，点了一下头。

"小伙子很腼腆哦。"石英才笑了笑，停了一下，他抽出一根烟点上，问，"既然打定主意回家乡到峰南中学来上班，你可要抓紧时间到教育局去报到呀。今天再不报到，7月的工资就会减掉一半。"

"半个月的工资是多少钱呀？"沧海问道。

"刚参加工作的本科生应该是一个月两百多元吧，半个月就是一百多点吧。"

"就一百多点，也没有多少钱呀！"

"但与当年我们刚参加工作相比，已经很高了。"石英才笑了笑，伸出三根被香烟熏黄的指头说，"我们那时只有几块钱，工作了十几年，还只有三十块哩。"

看到石英才指头的烟头，沧海笑着说："是的，我记得当年您教我们时烟瘾很大，一天能抽两包，抽的是8分钱一包的经济烟，估计手头不是很宽裕，不然也不会抽那么劣质的烟。今天您抽的是两块多钱一包的长沙烟，档次提高了很多。不好意思的是我不抽烟，也没有准备烟，只能请您多喝茶了。"沧海有些不好意思地说。

"不抽烟好，抽烟有害，我也比以前抽得少多了，以前一天两包，现在是两天一包。"石老师既是自我解嘲，也是帮沧海找台阶，然后补充一句，"两百块钱一个月是不高，但你想想，现在乡下农忙时节一个工还只有七块钱,天天这么忙才有这个收入。我们当老师虽然辛苦,但比农忙时节干农活还是轻松很多,虽然不能这样比。"

"是的,"沧海抬起被晒得通红的手臂,伸出长满硬茧的手说,"我回家只忙了半个多月,就被改造成这样了。还是珍惜这来之不易的国家饭碗吧,我明天到县教育局去报到。"

石英才说:"我帮你去说明吧,你已经错过了规定期限,你自己去不一定解释得清楚。还是我以单位负责人的身份帮你把报到证交过去,帮你找个迟交报到证的合适理由吧。总不能让你丢掉这百多块钱啊。我得赶紧去办理这个事情。"

沧海说:"还是石老师您最关心我,但怎么好意思让您为我跑腿呢?还是我自己去吧。"

"我去吧,第一,我明天要到教育局去开会,顺道;第二,也不完全是帮你,也帮我自己,我急着用人哪,希望你能来我们学校承担教学任务;第三,今天是截止日期,我要赶回办公室,在下班之前打电话给教育局说明情况。"说完,石英才看了看手表,站起身,要沧海赶快把报到证拿来,赶路要紧。

沧海递过报到证后,送石英才出门。石英才急急忙忙发动那辆轻巧廉价的嘉陵70摩托,在土路上扬起一线灰尘飞奔而去。望着恩师远去的背影,沧海久久没有回屋,眼角有些湿润。

6.初为人师

　　沧海已经错过了到教育局报到的规定期限,他的初三班主任,峰南中学的现任校长石英才找到他家里,帮他拿报到证到教育局说情,希望不要扣发沧海的半个月工资。

　　第二天傍晚,石英才兴高采烈地骑着那辆廉价的小摩托又到了沧海家。八十年代,农村教师的代步工具以自行车为主,到了九十年代中期,代步工具已逐渐向摩托车过渡,在峰南镇的老师中骑得最普遍的摩托是嘉陵70,第一,廉价,只有一千多元;第二,轻巧方便,适合走山路、土路。当地戏称嘉陵70为"嘉陵矮子"。石校长兴奋地告诉沧海,教育局领导同意不扣发他半个月工资,而且还有另一个好消息,县里要普及九年义务教育,今年还从外地引进了一批应届大学毕业生,教育局通知新教师8月30日到县城,专门为他们设宴接风洗尘,县委书记、县长还会亲自为他们敬酒,这是东台县几十年来从未有过的礼遇。石英才为沧海赶上这样的时机感到很高兴。

　　沧海非常感谢石英才,知道老师虽然说得很轻松,但要帮他保住半个月工资肯定花了不少心思,还这么一次又一次跑到他家来传递消息,实在不容易,太让人感动了。沧海全家盛情邀请石英才到家里吃晚饭,但他太忙,执意不肯留下吃饭。沧海从抽屉里拿出两包白沙烟给石英才(这在农村算高档的烟了)。

石英才推辞说:"你不抽烟,拿什么烟呀?"

"我知道您爱抽烟,昨天没有准备,让您在我家做客,自顾抽自己的烟,我怪不好意思的。今天老师来了,我不能再这么难堪了。"

"不要紧,随意就好。"石英才看推辞不掉,就开玩笑说,"这应该不算行贿受贿吧?我能收下了吗?"

"学生感谢老师,两包小烟,怎么能跟行贿受贿沾边呢?您放心收下吧。"沧海把两包烟塞到了石英才的公文包内。

8月30日下午,沧海赶到了县城最气派的宾馆——临江宾馆。是夜,一百多个新教师云集宾馆,晚上教育局设宴款待新教师,馆内喜气洋洋,觥筹交错,东台县县委书记、县长在教育局长的陪同下到各桌为新教师一一敬酒。这些刚刚大学毕业,稚气尚未脱尽的新教师倍感兴奋,感受到了东台县尊师重教的新风尚,仿佛素质教育的春天已经到来。

次日早餐后,各单位派车把新教师们接到了工作的学校。沧海与另外两个外地教师——物理老师杨正气和英语老师陶欣良,被峰南镇派来的一辆吉普车接到了峰南中学,石英才带领几个校级领导亲自到校门口迎接,还燃放了一挂长长的鞭炮,爆竹声经久不息。见面会后,三位新教师被引到了各自的宿舍。来到宿舍,那两位外地来的新教师凉了半截:所谓新教师住房,就是在教学楼两间教室之间不足8平米的休息室临时改修而成,室内只有一桌一椅,一床一小木柜,简简单单,与前面的接待盛况形成强烈反差。

沧海是本地人,早有心理准备,没有很大的落差。9月1日,学生开学,新教师正式走入课堂,走上讲台。沧海承担了三个初二班的历史,另外因为学校缺少英语教师,而他的英语较好,通过了大学英语六级,石校长还安排他上了一个初一班的英语。还在实习阶段,沧海就发誓要当一个好老师,特别是不能歧视后进生,要像石老师当年对待自己一样,关心爱护学生,积极帮助后进生。很快,他就赢得了学生们的喜欢和爱戴,课后经常有学生叽叽喳喳围着他说说笑笑,有些还跑到他房间来玩,也有的偶尔从家里带来蔬菜水果给沧海。沧海感到了初为人师的快乐和自豪,很有成就感。

但吃饭的问题并不令人满意,学校食堂提供早餐和午餐,晚餐老师们自己回家去做。对于有家有室的老师,和家里就在附近的老师,这不成问题,但对于尚未成家,离家较远的年轻老师却是一件很麻烦的事情。沧海有时与同来的年轻教师合伙做晚饭,有时跑到学校隔壁的一个铁匠铺蹭饭吃——有一个铁匠是他的远方亲戚,有时也带菜去入伙。这天,沧海从街上买来菜到铁铺合伙做晚饭,两个铁匠临时有事出去了,沧海淘米后把饭锅放在打铁的煤火上煮饭,再洗菜切菜准备炒菜。

这时几个留在学校进行体育训练的学生看到他们喜爱的沧老师在铁铺做饭,好奇地跑过来看热闹。看到煮饭的炉火不旺,就帮着拉风箱生火,其中一个还像煞有介事地哼着《补锅》的花鼓调“手拉风箱,呼呼地响,火炉烧得红旺旺……”,红红的火焰从煤块间蹿出,升得老高,包裹着挂在铁钩上的铁饭锅。几个小家伙哼哼唱唱轮番上阵,使劲拉着风箱,煞是好玩。

突然,有个学生叫道:“老师,快过来看看,那个锅底怎么长出了一个红红的乳头?”

沧海赶忙走过来一看，锅底下确实长出了一个红亮的类似溶洞里钟乳石一样的东西，用铁铲拍拍，好像拍平了，收回铁铲一看，铲上沾着滚烫发亮的铁水。

沧海瞪着那个还在拉风箱的学生："你知道这炉火是用来烧什么的吗？"

"当然用来烧铁的呀。"学生回答说。

"知道是烧铁的，那你们还作死地拉风箱？炉火温度高达上千摄氏度，能把铁块熔化，你是在打铁还是在煮饭啊？"沧海生气地问。

那个学生这才反应过来熊熊炉火烧坏了铁锅，闯了大祸，赶忙停手，吐了一下舌头，然后讪笑着退出铁铺，另外几个跟着溜之大吉，留下沧海一人望着烧煳的米饭和烧穿的饭锅在发愣。

虽然心疼一锅好饭，一口好锅，但他没有责骂学生，更没有要他们照价赔偿，还像以前那样亲切随和，学生还是经常在他身边欢呼雀跃。他自认为这种感觉很好，但别的老师不以为然，有老教师提醒他不要与学生走得太近，不然没有威信，管不好班级。校长石英才也曾委婉地评价他课堂太活跃，与学生太亲近。但凡用到"太"字，说明已经过度，过犹不及，是一种委婉的批评。还有一次，他上课正投入、正兴奋之时，突然从半开着的窗户瞥见石校长站在窗外不远处，侧耳倾听他的课堂。沧海心头一紧，肯定是有人打过小报告，在校长面前反映过他的上课情况。这一紧，打乱了他的心情，平时行云流水、娓娓道来的表达，今天连续出现了口误。

沧海不知道自己的教学出了什么问题，突然感觉自己与周边的环境出现了失调。接下来的一件事情更让他觉得自己与身边教师格格不入。有一天中午,他值周检查各班午睡情况,看到有一间教室的门窗都是关着的,而且还拉上了窗帘,但听到里面有人窃窃私语。他试着推了一下教室门,没有推开,估计上了门闩。扫视了一下窗户,见到有一扇窗户没有关紧,沧海轻轻拉开窗门,透过窗帘之间的间隙往里瞅……

7. 入职困惑

　　沧海检查学校各个班级的午睡纪律，看到有间教室关得严严实实，但里面好像有人窃窃私语，沧海推门不开，拉开一扇没有关紧的窗户，透过窗帘间的缝隙往里一瞅，原来是一位初三的班主任——戴珂老师正在利用午睡时间给学生讲解英语试卷。大热天，没空调，也没开电扇，把窗户关得严严实实，学生们一个个大汗淋漓，无精打采，老师也是挥汗如雨，汗湿衣衫，如此敬业，也够拼的了！但是，号称"素质教育之乡"的东台县的教育局不是下文件三令五申反复强调要实施素质教育，反对应试教育，严禁老师补课吗？戴老师这不是"顶风作案"吗？

　　当然沧海不会去打小报告，毕竟戴老师也不容易。戴珂老师是一位个子瘦小的中年女教师，代课教师出身，中学毕业后当了十几年代课教师直到前年才转成了民办教师，非常敬业，舍得下功夫，所教班级的考试成绩经常在全镇名列前茅，去年调到了峰南中学，时来运转，赶上了政策，今年全省的民办教师全部转成公办教师，戴老师刚刚把"代课教师"的帽子换成"民办"帽子，又马上摘掉"民办"帽子，戴上了"公办"帽子，她高兴得整天乐呵呵的，为了教育事业，好像她那瘦小的身躯里有使不完的力气。沧海敬重戴老师的敬业精神,佩服她的充沛精力,沧海不会去告密,再说戴老师名声在外,班上的升学率经常排在全镇的前列,年年评奖,还不能不服。但这就是师德标兵的具体表现吗?沧海实在费解。

接下来,沧海稍加留意,发现戴老师并不孤单,加班加点的老师大有人在,早上六点天还没亮就到了教室辅导学生早自习,尤其是戴老师夫妇两人都当班主任,都要起早床,五岁的孩子清早起不来,就用毯子包着孩子,抱着来上班;傍晚六点天已黑,还把学生留在学校辅导,急得有些家长带了手电来接孩子。典型的"六进六出,两头见星星"。双休日也有老师以办兴趣小组的名义给学生补课,或者在教师自己家隐秘地补课。好像学校也没有明说要老师这么早到教室,这么晚才放学,是什么神奇的力量促使老师们这么自觉,这么拼命呢? 随着时间的推移,见到的此类事情多了,沧海的困惑越来越多,不能理解身边的同事,好像同事也觉得自己是异类,似乎自己不能融入这个环境。

有次闲聊,沧海询问过去的恩师,现在的领导石英才,素质教育是什么? 回忆自己中学年代,当时还没有提素质教育,也没有提反对应试教育,好像当时还没有这么多考试,没有为考试这般拼命,而且同学们当时的综合素质也不差。

石英才抽了一口烟,慢悠悠地说,"素质教育是个筐,什么都能往里面装。"

沧海问,"素质教育只是一个噱头,其实大家都在埋头苦干着应试教育?"

石英才说,"不能这样明说,大家心知肚明就行了。"

"我们能不能够按照先进的教育理念教学,努力成为教育家式的教师,不随着别人拼时间,拼体力,进行题海战术式的应试教育呢?"沧海带着那种特有的书生气问。

石英才看了看沧海,意味深长地说:"你应该听过螳臂当车的故事吧?大势所趋,滚滚的车轮谁也无法阻挡。冒险逆潮流,想别出心裁,只会被压得粉身碎骨。大家都在拼命追求升学率,你不拼命,成绩怎么上去?成绩上不去,怎么评优评先进,怎么晋升职称?"

"真是人在江湖,身不由己呀!"沧海无可奈可地叹了口气。

9月底,镇联校举行教师大会,联校书记的讲话让沧海对"素质教育"有了进一步的认识。往年的教师大会往往在教师节前召开,在节日前表彰教师,喜气洋洋,大家觉得特别提气。但今年全县全面落实九年制义务教育,还从外地引进了一批大学生,事情比较多,教师节前领导日程安排得满满的,直到9月底才腾出时间举行教师大会。教师节过去不久,国庆节、中秋节就要接踵而来,在这特殊的日子里举行教师大会,表彰先进,提振士气,还是很有意义的。

江南的9月,暑热未消,几百人聚集一堂,热烘烘的,礼堂屋顶上悬吊的几台大吊扇快速地转动,吊绳与风扇之间发出"唧唧"的摩擦声。大热天,人容易疲劳,不想多动,最想做的事情是慵懒地坐在椅子上吹着风扇,眯着眼睛,打着瞌睡。事实上,镇联校书记肖诗经在台上讲得神采飞扬,台下不少人却伴随着吊扇的转动声,听着书记的报告昏昏欲睡。

肖书记兴高采烈地总结了上学期的素质教育成绩,表彰了一批先进教师。峰南中学的戴珂老师因为上届学生的升学率名列全镇前茅,表彰榜上有名。这更增加了沧海对戴老师的敬意,也增加了自己对教育的困惑。

谈到上级领导的表扬之词时，肖诗经脸上放光，拉长了声音，"同志们！我们的素质教育取得了很大的成效，得到了上级领导高度评价。这充分说明，在当今时代，我们必须坚持教育改革，坚决反对片面追求升学率，积极开展素质教育。不改革，就只有死路一条！"。说着，"咚"的一声，右手拳头用力地砸在讲台上，掷地有声，铿锵有力。接着继续总结，谈到今年的升学情况时，肖诗经又情绪激昂起来："同志们！只有狠抓升学率，每年多考几个学生，才是硬道理。升学率不上去，只有死路一条！"。又是"咚！"的一声，拳头在桌子上敲得震天响，一样的掷地有声，铿锵有力。

沧海坐在前排，被这接连的两记重拳震蒙了，不由自主地嘀咕了一声："横竖都是死，还让人活不活呀？"

肖诗经显然听到了沧海的嘀咕声，严肃地望着沧海的眼睛足足一分钟，然后用警告的口气说："有这么娇气吗？死不了！记着：只要教不死，就往死里教！"

教师大会不仅没有提振沧海的士气，反而让他感到更加困惑。会后迈着沉重的步伐回到了他那不足8平米的小卧室。这时，传达室的老头给他送来了一封信，信封上的字体端庄秀丽，寄信人地址是莲城市纺机厂，沧海眼前一亮，知道肯定是白雪来信了，终于在这个烦闷的9月送来了一丝清凉。

8. 秋夜温馨

　　全镇教师大会后，沧海拖着沉重的步伐回到了他那不足 8 平米的小卧室，心情有些郁闷，白雪的来信给他带来了一份难得的清凉。

　　沧海急忙打开信，透过那端庄秀丽的字体，感受到白雪的关切和深情：

　　沧海，莲河一别，又有三个多月了，很是思念。刚刚参加工作，走上讲台，你一切都还好吧？告诉你一个好消息，我已经通过了会计学自考本科的全部课程，拿到了本科文凭，还拿到了会计证。单位上提干，我符合条件调离了车间，调到了财务部的综合科，工作不需要三班倒，没那么忙，以后会有时间来看你。

　　白雪还把她办公室的电话号码在信上告诉了沧海，如果有事觉得写信太慢，可以打电话。

　　看到白雪的电话号码后，沧海兴奋起来，拿了 IC 卡跑到校门口 IC 卡电话机旁，迅速拨通白雪办公室的电话，他想这个时候肯定没有人在办公室上班了，都晚上 7 点多了，只是心存侥幸，试试而已。令他意外的是，铃声刚刚想到第二下，对方就抓起了话筒，"喂，你好！"传来了那个熟悉的略带沙沙之音却又不失磁性的声音。

"白雪,你还在办公室呀?"沧海显得有些激动。

"是的,发信告诉你电话号码后,我就经常在这个时候来办公室坐坐,估计你可能会在这个时候打电话来,因为白天你要上课,没时间打电话,我也不方便在上班时间接你的电话。不出意料,你果然打来了电话。"白雪也很兴奋。

沧海高兴地说:"这就是传说中的心有灵犀一点通吧?"

"是的,心有灵犀,心灵感应。"白雪随声附和。

然后两人商定了下次见面的时间,就在国庆小长假期间。这次国庆、中秋相连,沧海觉得自家住在峰南山上,白雪到他家去不方便,决定自己回家与家里人中秋团聚之后,就来学校等白雪,两人准备在学校度过愉快的假期末尾。

很快放假了,师生都回到了各自的家里欢度国庆与中秋。假期还有两天,沧海就早早地告别家里人,来到学校恭候白雪。学校空荡荡的,只有那个满头白发的收发室兼门卫的老头留在学校守门。校门附近的铁铺也关门了,铁匠也要回家去过节。当然,即使他们还在,沧海也不好意思再到他们那里蹭饭,因为学生那次烧坏了铁锅,让他在铁匠亲戚面前很失面子,没有再去合伙做饭,更不好意思去蹭饭。

晚上 7 点左右,沧海来到校门口的 IC 卡电话亭旁散步,突然听到了丁零零的电话铃声,沧海一个箭步冲过去摘下话筒,电话里传来了白雪的特质声音,她告诉沧海明天上午动身来峰南学校,估计十二点之前会到达。这本是一个公用的 IC 卡电话,但他们就有那个默契,总能在恰当的时候接通对方的电话。

第二天上午，沧海骑着自行车早早地站在车站等待白雪的到来。十二时许，"嘟嘟"一辆白色的大巴驶入车站，徐徐停下，白雪款款走下汽车，秀发披肩，白裙飘飘，活脱脱的白雪公主一不小心走出了童话书本。沧海微笑着迎上去，白雪递给他两本沉甸甸的书本——《考研宝典》："你在乡下买书不方便，我特意帮你带来了两本考研的复习资料。不知道你考什么专业，如果你继续考你的历史专业，你有本科的教材，如果想继续你的文学梦，还真不知道帮你买什么教材。保险起见，帮你带来了两本公共课的考研复习资料。希望对你有所帮助，也不枉我辛辛苦苦背了两百多里路。"

　　"肯定有用，非常感谢。"但是沧海还是显得有些底气不足，"只是刚刚参加工作，初为人师，还没有适应过来，没有足够的时间来复习，甚至不知道今年是否能够报考。"

　　"不要紧，早做准备总比迟做准备好。时间总是可以挤出来的。你看，我一个普通工人，不也通过了本科自考？当然这要感谢财经大学毕业的闵珺，她给我提供了很多有益的信息和资料，还在假期里辅导过我。成功需要自己努力，也要有贵人相助。闵珺就是我自学考试中的贵人。"

　　"白雪，你就是我考研路上的贵人。"沧海马上接过话头。

　　"我一个普普通通的工厂职员，哪能算作你考研的贵人？听我哥哥说，考研最好是能够联系到报考的导师。也许我哥哥帮得上忙，不过他是读理科的，你读文科，要拐上一道弯。"白雪谦虚地说。

　　"你是我的恋人，你哥哥是我的贵人。"沧海嬉笑着打趣道。

　　"就你贫嘴。"白雪举起秀气的拳头在沧海的胳膊上捶了一下。

　　然后沧海请白雪到餐馆吃饭，说要为她接风洗尘。他们来到了五年前白雪醉酒的峰南酒店。沧海半开玩笑半当真地说："故地重游，再来一次不醉不归，如何？"

"别笑话我了吧，上次喝醉酒，好丑的。"白雪一害羞，脸上红晕泛起。

"那倒未必，贵妃醉酒，还是很有魅力的。当然，你那次醉得够深的，我不仅担忧你，还心疼你呢。今天你做主，我买单。"沧海显示他的暖男本色。

白雪没有宰沧海，体谅他的微薄收入。并且饭后，建议沧海到菜市场买一些菜，晚上两人自己一起做饭，既有情趣，又能节省。

晚饭后，他们走出学校沿着河堤慢慢地散步，来到了附近的一个石头岭。中秋的夜晚，河边的石头岭上凉风习习，天幕上，月明星稀。白雪靠在沧海的肩头，望着宁静的夜空，听沧海南京土地，北京庙王地说故事，谈理想，不觉月已偏西，到了晚上十点多钟。恋爱的人时间总是过得特别快。回到学校，门卫已经关门睡觉了。沧海打算敲门叫醒门卫，白雪说，别麻烦人家了，我们翻墙过去算了。沧海疑惑地望着她："我没有听错吧？你一个文静的女孩会翻墙？"

"我也是农村出生长大的，也曾经是一个野丫头，怎么就翻不了墙？"白雪反驳道。

"好吧。"沧海同意了白雪的建议，再说自己在山里长大，小时候喜欢爬树翻墙玩耍，难得今夜女朋友有这样的雅兴，肯定乐意奉陪。但是围墙比较高，沧海助跑跳跃，双手勉强够着墙沿，白雪肯定够不着，翻不过。沧海就靠墙蹲下，让白雪踩在肩头，沧海缓缓站起来，将白雪送上去。白雪骑在墙上坐着，沧海助跑跳起来抓住墙沿后，白雪搭把手，把沧海也拉上了墙头。沧海先跳下去，然后伸手接住跳下来的白雪,因为惯性太大,沧海接住跳下来的白雪时没有站稳倒在了地上,白雪压在沧海的身上。幸亏地面没有硬化,土质疏松,摔在地上不疼,两人咯咯咯地笑了起来。

回到不足八平米的房间,只有一张床,两人怎么睡觉呢?沧海说:"你睡床上吧,我就靠在椅子上睡吧。你放心,我保证不会伤害你。"

白雪笑了笑:"谅你不敢。"然后盖上被子睡觉。

半夜醒来,白雪看到沧海紧紧抱着枕头蜷缩在椅子上,估计中秋的夜晚已经凉气逼人。就把他叫醒,让他睡到床上。

沧海腼腆地说:"这合适吗?"

白雪说:"你别想得太美,我们约法三章,以枕头为界,你不得越界,你越界过来就是禽兽。"

"好,你放心。"沧海老老实实地爬到枕头的另一边,盖上被子呼呼睡着了。

第二天醒来,沧海问白雪:"睡得还好吧,我没有违规吧?"

"还好。"白雪敷衍道。

"今天我们去爬山好吗?"

"爬什么山,你一个枕头都爬不过。"白雪讥笑道。

"不是说,爬过来就是禽兽吗?"

"没有爬过来,禽兽不如。"

"哦,"沧海似乎反应过来了,"我并非没有色胆,更不是存在生理心理方面的问题。而是不成业何以成家?现在我留守在这乡下中学,过着紧紧巴巴的日子,壮志未酬,不敢有非分想法。如果我昨晚爬过了枕头,就要对你负责,对你一辈子负责。我不是不愿意对你负责，实在是目前的光景让我没有底气对你负责。心情安顿下来后，我一定奋发向上，成就一番事业。待到水到渠成之日，我一定不会太斯文，肯定很爷们儿。"

"不要解释了，"白雪笑了笑说，"我是开玩笑的，是背了《故事会》上的一个段子。其实我也没有那么轻浮。你是一个负责任的男人，我相信你。"

白雪与沧海度过了愉快的一天半，才依依惜别。

送走白雪后，沧海翻开白雪送来的《考研宝典》，准备考研，希望迎来人生的第二次飞跃，考上研究生，彻底跳出农村。还好，沧海的本科所学专业是政史专业，并且过了大学英语六级，两门公共课的难度不是很大。听说，现在考研主要是考公共课，尤其是英语最关键，百分之八十以上落选的考生败在英语上。这天，沧海试着做了几套历年英语考试真题，都能及格，政治基本上是自己的本行，更不用担心，沧海顿时信心倍增，仿佛大学的研究生院正敞开大门微笑着向他招手。估计政史专业的研究生就业不令人乐观，他知道自己的一个远房亲戚是几年前毕业的历史专业研究生，现在城里的一所中学工作，自己就算今年考上，三年后毕业，还不知能够分配到哪里。沧海决定跨专业考研，或者重拾自己的文学梦，或者考考现在比较热门的法律硕士。

沧海拿不定主意，想听听白雪的建议。书信的速度比较慢，打个电话吧。沧海兴致勃勃地来到了校门口的 IC 卡电话机旁，正巧"丁零零——"电话铃声响起，沧海赶忙跑过来摘下话筒，听筒里传来了白雪那种带有磁性的沙沙声音。又是一阵缠绵的畅聊。白雪鼓励沧海重拾文学梦，并说他哥哥有位朋友是津门大学的文学博士研究生导师,请她哥哥牵牵线,报考津门大学——这年头考研、考博,与导师搞好关系很重要。

正在这时,传达室的老头敲响了密集的钟声,学校要召开紧急会议。

9.领导视察

　　沧海正在学校门口的 IC 卡电话机旁与白雪通话,谈论考研的事情,学校召开紧急会议的铃声响起。

　　全校教师都赶到了学校会议室,主席台上不仅坐着校长石英才,还有镇联校书记肖诗经。联校书记晚上还赶过来开会,可见会议紧急与重要。

　　肖书记传达了教育局的重要会议精神,莲城市教育局领导下周来我县考察素质教育情况,很可能会抽查到我们学校,请老师们加班加点,做好迎接检查的准备。肖书记指出,素质教育是愉快教学,全面发展,注重学生综合素养的提高,强调教师平时要做好耐心细致的工作,不仅要重视课堂教学,还有课后的辅导和思想工作。石校长强调了迎接检查的重要意义,做了全面部署,要求老师们补全各项迎接检查的材料,包括备课本上的教学反思,家访记录,课后辅导心得,后进生成长记录,以及课外活动和各项竞赛,等等。

　　然后教导主任发下一大堆记录本,并且强调,记录本不能显得太新,写出的内容和形式都要显示长期的连续性、层次感。有些"聪明"的老师马上把部分记录本在手里揉了又揉,在旧桌子上当抹布擦几下，还有的放在地上踩几脚，再放到一起，似乎确实觉得刚刚发下的记录本有年代感，再用不同钢笔或圆珠笔把内容填上，感觉好像是不同时期做的记录，工作具有持续性。肖书记和石校长微笑地观看着老师们的"创举"。

昏天黑地紧赶急赶一星期，一本本生动的"素质教育"材料如期完成，整整齐齐摆放在相应的教研室、资料室，静候领导的检查。

一个星期以后，市领导在县领导的陪同下如期而至，对峰南中学的素质教育进行了全面检查。领导视察后，连声称赞："了不起，了不起！在一个经济并不发达的县里，在一所相对偏僻的农村中学，素质教育做到如此细致，如此系统，不错，了不起！"领导竖起了大拇指。并且信心满满地说，"明年上半年，省里来领导考察我们县的素质教育，我建议来峰南中学看看。"

市领导满意离去，县领导踌躇满志，校领导摩拳擦掌。师生们又要开展新一轮更大规模的迎接上级领导视察检查的准备工作，不仅要加班加点，有时还要停课做准备。沧海与同来的两位新教师经常在一起哀叹"加班不可怕，就怕加班是文化"。沧海的考研计划被全盘打乱，尽管白雪帮沧海寄来了复习资料，还帮他报了名，但沧海根本没有时间准备，只能弃考。

一个学期很快过去了，新学期到来，学校更加忙碌，要准备迎接更大的领导来检查。学校如临大敌，幸好去年迎接了市县领导的检查，该准备的资料都准备好了，该"技术加工"的也加工了，学校宣传栏也在不断花样翻新。课程表也准备了两套，一套用来安排正常教学任务，包括早晚自习的安排；一套用来应付检查，课表上德智体美劳安排齐全，各种科学常识、社会活动，都安排得"井井有条"。似乎万事俱备,只等东风,只等大领导来检查。沧海感觉应该可以稍作喘息了。

暮春三月,江南草长,鸟儿鸣唱,蜂蝶翻飞,听学生朗朗之书声,等领导款款来检查。5月份,素质教育之乡——东台县迎来了省级领导的视察。峰南中学果然名列考察名单之上,据说某个大领导会亲自带队来视察。令人猝不及防的是,大领导不按市县领导的"常规"出牌,不检查文档材料,要随堂听课,要与老师探讨教研教改,要看学生的课堂反应以及学生的才艺表演。不得歇息,又该忙碌了,而且是更高档次的忙碌。

自己的家底怎样,东台县的领导难道不知道? 全乱套了,真是急死人,主管教育的副县长舒步奇风风火火赶到峰南中学坐镇指挥。不愧是久经考验的领导,舒副县长排兵布阵,运筹帷幄。临时从县重点中学各年级抽调300名优秀学生分插到峰南中学的20个班级中,把班上原有差生替换;从全县抽调30名优秀教师,把学校原有代课教师,以及业务能力较差的公办教师全部替换下来。替身必须牢记自己新身份的详细情况,忘掉自己原有的名和姓,被替换者躲在家里,不许抛头露面,泄露机密。

对于这种偷梁换柱、瞒天过海的做法沧海特别反感,不由自主地在会上嘟哝了一句:"这不是弄虚作假吗? 哪里是素质教育? "

舒副县长听到后,两眼直视沧海,目光凛冽,寒气逼人,半天不说一句话。大家都不敢作声,屏住呼吸,静等副县长的训斥,沧海在舒副县长强大的气场下,也不敢再多说话。舒副县长把眼光从沧海身上移开,扫向全场,吐字如钉:"这是政治任务,大家必须无条件执行!"然后又把眼光转向胆敢挑战权威的沧海,加重了语气,"在这场迎接上级领导检查的工作中,谁敢坏事,谁就是东台县素质教育的历史罪人,就要承担严重后果!谁的饭碗就要被打掉!"停顿了一下,舒副县长加重了语气:"除非,他以后不想在东台县混了!"

一顶这么大的帽子扣下来,这么严重的后果也有言在先,谁还敢怠慢,倔强的沧海也不敢斗胆违抗。

五天后,省里的大领导来到了东台县,兵分两路视察该县的素质教育。其中有个大领导在市级领导的陪同下兴致勃勃地来到了峰南中学,全面巡视了学校,观看了学生的课间活动,询问了学生,也与部分老师进行了亲切交谈。并且抽查听了两个老师的课,一个是经验丰富的中年女教师戴珂的英语课,另一个是大学毕业参加工作不久的年轻男教师沧海的历史课,两个老师都很有代表性。戴老师虽然应试教育的效果好,还经常评为先进,但她那半路出家的英语口语肯定过不了关,幸好领导有先见之明,已让来自一中的一位优秀英语女教师悄然替换。沧海是莲城师范学院政史系毕业的高才生,并且一表人才,即使被抽到也不用担心,所以没有要求回避领导的听课检查,被抽到后,联校书记肖诗经,校长石英才反而松了一口气,毕竟是抽到本校一个经得起检查的真实身份的教师,不用担心穿帮,露马脚。沧海所选教学内容是大汉帝国的民族关系,这是他最善于发挥的内容,从卫青的北击匈奴两千余里,到霍去病的封狼居胥,再到陈汤"明犯强汉者,虽远必诛",以及后来南匈奴内迁,北方民族的融合,结合中亚政治地理的变迁,以及当前倡导的民族伟大复兴,汪洋恣肆,气势磅礴,语言生动,文采飞扬,加之形象帅气,取得了极佳的课堂教学效果,不仅学生积极配合,课堂活跃,大小领导都听得入迷,以致忘了做听课笔记。

沧海讲得神采飞扬,台下学生和领导都听得津津有味,不觉临近下课,沧海潇洒地把粉笔头不偏不倚地丢入粉笔盒内,准备宣布下课,就在这时突然听到教室窗外"扑通"一声,好像有人应声倒下。大家条件反射,把头转向窗外。这时,"丁零零",下课铃声响起,大家对课堂意犹未尽,对窗外心存好奇,依次走出教室。

10.进城赶考

　　下课铃声响起,大家依次走出教室,只见一位干练的武警扶着舒步奇副县长连声说道:"对不起,对不起,误会了,误会了"。舒副县长正在拍打着衣服上沾着的灰尘,大家好生奇怪。大领导走过去,关切地问,发生了什么事情。舒副县长与武警交换了一下眼色,同时笑笑,"没事,没事了。"

　　大领导补问一句,"真的没事?如果是我的警卫人员处理不当,犯了错误,我一定严肃批评,决不袒护。"

　　"没事,没事。"舒副县长故作轻松,一边肯定没有发生不愉快事情,一边深表歉意,"临时有事拖住了,没有及时赶过来陪您检查工作,来迟了,这是我的过错,请领导批评。在今后的工作中,一定不迟到,弹好钢琴,服务好领导,向领导学习,请领导多多指导。"还表扬武警高度的警惕性和敏捷的身手。

　　大领导见舒副县长与武警都说没有发生不愉快事情,也就不再多问。并纠正舒步奇的话说:"对,工作千条万绪,是要协调好,弹好钢琴。另外,不是要服务好领导,向领导学习,而是为人民服务,虚心向人民学习。"停了一下,补充说,"刚才这位年轻老师不错,课上得很精彩。后生可畏,年轻有为。要表扬。"

舒步奇连连点头称"是",但是大领导和武警转过身后,沧海察觉到了舒县长用手捂着擦伤的脸时掠过一丝咬牙切齿的神情。

评估检查在高兴的氛围中进行,在愉快的氛围中结束。首长对老师们精湛的教育教学技巧,深厚的专业功底,给予了充分肯定,对同学们的学习能力和积极表现给予很高评价,对整个东台县的素质教育感到由衷高兴。认为在一所相对偏僻的农村中学,学生的综合素质普遍这么高,教学效果这么好,老师们也在教学中不断成长,难能可贵,素质教育搞得好,应在全省推广,甚至向全国推广。

一切都是那么顺利,和谐,天衣无缝,堪称完美。沧海真的开了眼界,长了知识。地方领导的"智慧",沧海不得不佩服。

检查结束,领导归去,一切回归原生态。学校继续演绎着"考考考,老师的法宝;分分分,同学的命根"的循环戏剧。还好,迎接上级领导检查前的那种如临大敌,检查过程中的那种战战兢兢,可以暂时得到缓解。去年的考研,沧海已然错过,今年,应该早做打算了。在白雪哥哥的帮助下,沧海联系上了津门大学的那个文学教授,沧海试着问,自己跨专业报考是否可行,教授宽厚地鼓励,文学海纳百川,欢迎其他专业考生的加盟,乐意培养跨学科的复合型人才,并且举例说,学教育哲学的胡适,学医学的鲁迅,学经济学的徐志摩,学考古学的郭沫若都达到了很高的文学造诣,一个个其他专业学习背景的文学家灿若星辰。教授鼓励沧海报考,并且介绍了现当代文学专业的考研参考书目。

很快,到了11月初,沧海报好了名,阳历年后,阴历年前,就要考试了。要做到工作、学习两不误,这一年太辛苦了,希望考试顺利。赶考的前夜,下起了大雪,第二天起床一看,窗外成了一个银装素裹的世界。一大早,沧海披着风衣,戴着手套,提着简单行李包站在镇上的桥头等车入城。雪已停,风未止,寒风摇曳着河边树枝,积雪沙沙掉落。沧海的头发在寒风中飘动,风衣迎风飘飘。有些寒气,沧海不喜欢把风衣裹紧,任由风衣在寒风中摇摆翻转,觉得这样很酷,很帅,很有风度。进城大巴迟迟不来,望着寒风吹皱的河水,想着即将面对的紧张考试,沧海的心情颇不平静,心中翻腾着"风萧萧兮易水寒,壮士一去兮不复还"的悲壮诗句,好像正在走向一条不归路。

"沧海,等车呀?进城去看白雪?"沧海回头一看,唐倩燕骑着一辆红色的女式摩托过来, 车后座上一个三四岁的小女孩把头钻进燕子的风衣里,双手紧紧抱着她的腰,乖巧,可爱。

"不是去看白雪,是要到省城参加考试。怎么还不见进省城的车开过来呀?我快要冻僵了。"沧海跺着脚,搓着手说。

"哦,以前有两趟车进省城,这段时间因为天气冷进城的乘客少,减了一班车,今天那班车已经走了,没有车了。"唐倩燕告诉沧海,然后对身后的小孩子说,"叫叔叔。"

"叔叔好!"小家伙很听话地与沧海打招呼。

"你的小孩?这么大了。"沧海赞美了一句,"跟你小时候一样漂亮可爱。"

"你真会说话,一句话把我们母女都恭维了。"

"我是实话实说。"沧海问,"你刚才说没有班车进省城了?我的天哪,我明天就要考试了! 我该怎么办?"

"别急,"燕子安慰道,"让我想想。哦,有了,龙之城刚调到我们镇上当派出所所长。问问他,应该有办法。"

"你不说，我还差点把他忘了，这段时间太忙，很久没有与他联系了。"然后，沧海从包里掏出类似大哥大的本地通拨通了之城的电话。这个时候的大哥大已不再是土豪的身份象征，有钱人都是拿着小巧的翻盖手机，接电话时，手指一按，翻盖啪地弹开当听筒，神气，潇洒。只有收入不高者将就着用这种笨重的移动通讯工具。

很快，龙之城骑着摩托过来了，说："快上车吧，我把你送到县城，县城到省城的车多，今天下午你赶到师大，明天参加考试应该没问题。"

天气很冷，尽管沧海觉得披着风衣坐在龙之城的摩托上，一骑铁骑飞奔入城，很有风度，但是寒风灌进衣领，冻得牙齿打架，身上瑟瑟发抖，而且车轮翻起的雪水泥尘沾满了刷得锃亮的皮鞋，让注重潇洒风度的沧海心疼了很久。很快，龙之城把沧海送到了县城，送上开往省城的客车。龙之城的热情相助，让沧海感激不尽。

"别磨蹭了，我们哥们儿还客气什么？上车吧，祝考试顺利！"之城打断了沧海的感谢词，把他推上了客车。客车刚刚开动，之城马上掉转摩托赶回峰南镇，急着处理派出所年终的一摊子事务。

客车上开了空调，暖洋洋的，沧海感觉舒适了很多。三个多钟头后沧海到达了省城，看看手表，还只下午一点多，赶往师大熟悉考场，时间充裕得很。沧海换乘市内公交。公交车上乘客很多，沧海没有坐到座位，提着包站在车内，车内空调温度开得很高，与寒风吹拂的车外形成巨大的温度反差，沧海很快觉得全身发热，把风衣脱下来挽在手臂上，还热，又解开了西装衣的纽扣。就这样，一手提包，一手挽着风衣，挤在人群中，跟随车子的震动与周围的乘客一起前后摇晃。终于到站了，下车后沧海披上风衣，扣好西装纽扣，习惯性地往西装上衣胸前口袋一摸，"完了，大风吹倒帅字旗——出师不利。"

11. 无功而返

沧海进城赶考,在龙之城的帮助下,在县城搭上长途客运来到省城,再换上公交车准备到师大参加明天的研究生入学考试,下车后,一摸西装上衣的胸前口袋,感到大事不妙。沧海紧张地放下提包,在风衣、西装的各个口袋掏了个遍,都没有找到钱包,身份证、准考证也没有看见,打开提包翻了一遍,也没有找到。完了,遇到了扒手。因为天寒地冻,穿得比较多,但车上的空调温度开得很高,沧海脱下了风衣挽在手臂,解开了西装上衣的纽扣。在乘客拥挤的公交车上,一手挽衣,一手提包,两手不空,上衣解开,绝对是扒手下手的好机会。他下车时,有个手拿报纸的中年男子撞了他一下,当时没留意,恐怕就是这么轻轻一撞,钱包换了主人。

独立寒冬,湘江北去,橘子洲头,看万山雪片,尽是伤心。费尽周折到省城赶考,刚刚落地考点,就发现钱包被偷,身份证、准考证也一同丢失了,沧海气得半死。

"丁零零——",沧海那个笨拙的手机响起了铃声。是白雪打来的,她关心沧海是否顺利到达考点,一切准备是否妥当。

"还好,我已顺利到达师大,除了钱包和证件以外。"喜欢幽默的沧海还在用戏谑的口气汇报丧气的消息。

"什么？我没有听懂你的意思。忘记带钱包和证件了吗？"白雪惊讶地问。

沧海如实告诉了遭遇扒手的事情。

"亏你还开得出玩笑，遇到了这么大的麻烦！赶快去找我哥，要他帮想想办法，看是否能够开一个临时证明参加考试。"白雪焦急地说。

"算了吧，不去折腾你哥哥了。再说我现在烦死了，本来准备就不充足，也考不出什么名堂。"沧海泄气地说。

"那好吧，"白雪不再勉强，然后关心地问，"身上还有多少钱，有吃饭住店的钱和回去的车费吗？"

"还有三个硬币，两张纸钞，买车票时找下的零钱。暂时不会饿死，但恐怕要流落街头了。"沧海还是那种诙谐的口气。

"你现在哪里？"

"面朝湘水，背对麓山。"

"你站在湘水边上啊！不会想不通跳河吧？"白雪担心地问。

"你多虑了，我还不至于这么脆弱。"沧海答道。

在陌生的城市钱包被扒，证件丢失，白雪真的担心沧海会要流落街头，出现危险。赶紧把她哥哥的联系方式和地址告诉了他，让他到江南理工大学找她哥哥缓解燃眉之急。沧海要她别担心，想个人静一静，厘一下头绪。

半个钟头后，白雪又打过来电话问："你现在哪儿？"

"独立江边。"

"你还在独立江边呀！我刚才问了我哥，你还没有跟他联系。你在干吗？"

"发呆。"沧海的回答干脆利落。

"我的哥呀,快一个钟头了,你还在江边发呆,你没有急傻吧?"白雪着实为他着急。

"没傻,不慌,吉人自有天相。"沧海说。

"你还没傻不慌?但你也要想点办法呀!光站到江边发呆也不是办法呀!"

"哦,还没有来得及向你汇报,还真的吉人天相,每次危急关头总有贵人相助。"沧海扬扬得意地说。

"什么贵人啊?神神秘秘,神经兮兮的。"白雪好奇地问。

沧海告诉她,刚刚接到陈商浮的电话,他从深圳回来过年,准备回家后邀同学们小聚一下,现在正好在省城。知道沧海落难在此,答应马上开车来接。白雪不放心,说要与陈商浮通话确认一下情况。

正在这时,一辆黑色的奥迪 A6 停在了沧海的身旁,驾驶室的车窗玻璃缓缓落下,陈商浮伸出头,摘下墨镜,对沧海招呼道:"老班长,上车!"。

沧海把电话递给商浮:"白雪想跟你打个招呼。"

"好啊,我正要打电话通知她参加同学聚会,找个高档一点的酒店大家聚一聚,我买单。"打完电话后,陈商浮把沧海笨重的本地通在手心上拍了拍,"三年前我用过的大哥大,比这个还要大,还要沉,既可当电话通讯,又可做武器防身。"他本想掏出那个小巧玲珑的进口翻盖手机炫耀一下的,看到沧海一脸的尴尬,忍住了。然后把手机递给沧海,脸上露出一丝不经意的坏笑,"好好保管,这个大部头说不定将来会升值的,有收藏价值,值得拥有。"

从他的口吻和怪笑，沧海觉察到陈商浮的暴发户心态。路上，陈商浮眉飞色舞谈论着自己这些年的丰富人生。先是接管他爸爸那个小商店做生意，没赚到钱，后来跑到广东去打工，也提过"腰篮子"（做掮客），开工厂，赚了不少钱。

　　他问沧海收入怎样，沧海答道，应该有个八千到一万吧。

　　"月薪？"商浮平淡地问。

　　"开什么玩笑，你以为我在开银行，还是在抢银行啊？这是年收入。"沧海说道，其实他的收入还没有这么高，只是看到陈商浮有炫富的意味，有意稍稍拔高，没想到还是与陈商浮的标准相隔太远。

　　"我可没有开玩笑，在深圳这样的月薪很普遍。"陈商浮满不在乎。

　　"你收入这么高，应该是百万富翁了吧？"

　　"百万？你是问我这辆奥迪 A6 吧？"

　　娘的，这话没法谈下去了，沧海心想，老子故意用个大数字、大帽子想压压他的气焰，反倒是长了他的威风，灭了自己的志气。话不投机，不想多说话了。

　　但陈商浮显得很健谈："沧海，读这么多书干什么？你看，你本科毕业骑自行车，之城中专毕业骑摩托车，我没有你们会读书，高中毕业就闯荡江湖，就开这么一个小车。别读了，也不要考什么研究生了，跟我混吧，保证你喝香的吃辣的，收入倍翻。"

　　"人各有志。你做你的大老板，我还是做我的小教师吧。"

　　陈商浮听出了沧海的不高兴，马上解释说："沧海，你不要误解，我丝毫没有贬低你的意思，只是觉得凭你的才华拿这么点工资，太屈才了。希望你改变思路，过上更加富足的生活。"陈商浮滔滔不绝，"小平同志说得好'白猫黑猫抓得老鼠的是好猫'，英雄不问出处，致富不拘小节，现在这年头，撑死胆大的饿死胆小的，赚钱不费力，费力不赚钱。凭你的聪明才智，到沿海发达地区闯一闯，肯定能够闯出一条发家致富的好路来。"

"你就这么看好我？当年我读理科，你怂恿我改读文科。现在我端着公办老师的铁饭碗，你又要鼓惑我丢掉铁饭碗下海去闯荡？"

"当年我要你改读文科，也没有害你呀，你不是发挥自己的强项考上了大学吗？如果你读理科未必考得这么好。现在要你下海，说不定又能早日发家致富，成为大富翁哩。并不是要你马上就辞职下海，但你真的可以认真考虑考虑。想好后，如果想去试试，可以联系我。我一定尽力提供帮助。"陈商浮辩解道。

沧海虽然并不认同商浮的观点，但细想两人一直是好朋友，而且今天热心开车来接自己，还是够哥们儿的，就没有继续与他抬杠："谢谢你的好意，说不定真有一天会请你帮忙。但我能做什么呢？"

"你英语好，文笔好，可以到我们工厂担任外贸部经理呀。现在我们主要做电子元件加工，产品主要销往美国。我需要一个英语好，懂国际贸易规则，并且能让我信得过的人才，帮我争取更多的国外订单，并且在商务谈判中少吃亏。你有优势，愿意来帮忙吗？"

"英语还过得去，但我并不熟悉国际贸易的法律和规则呀？"

"不要紧，你学习能力强，边干边学，应该很快就会适应的，熟悉的。这些东西我很难学会，你肯定比我强多了。"

"好吧，我暂时还没有这个想法，更想留在学校。哪天想来了，我会提前告诉你。"沧海委婉地谢绝了陈商浮的邀请。

"好！随时欢迎你的加盟。"

尽管考研不顺,无功而返,但陈商浮的话语还是给沧海带来了许多新的信息,也触发了他的一些想法。回到学校,了解到个人年终测评结果,沧海感受到了冬日里的一抹暖阳。

12.破格提拔

沧海进城赶考遭遇扒手,钱包丢了,身份证、准考证也一起丢了,无法继续参加研究生入学考试,只得无功而返,幸亏中学好友陈商浮开车经省城回来,顺路把他带回了峰南镇。回到学校,了解到个人年终测评结果,沧海感受到了冬日里的一抹暖阳。原来,年终个人绩效测评中,沧海因为省级首长来视察时的优秀表现,以及所教班级学生在统考中的及格率和优秀率都在全镇名列前茅,毫无疑义地评为年度先进个人。这给参加工作近两年来长期不顺心的沧海多少带来了一份安慰。

次年开春,新学期初,镇联校召开全镇教师新年表彰大会,沧海受到了领导的表彰,联校书记肖诗经亲自为他佩戴了大红花,颁发了证书。沧海这回算是大出了风头,而且绝对不同于他以前的爱出风头,是领导的高度赞扬和同事羡慕的眼光。好事连连,老教导主任年龄偏大要退居二线,正在势头上的沧海被破格提拔为峰南中学的教导主任。上次首长来视察时,沧海的表现获得了大领导的好评,并在小领导面前提议,在这改革开放的年代,要敢于起用有能力有品德的年轻人。因此沧海的破格提拔也就顺理成章。

对沧海来说这是意外的惊喜,想自己只会踏实做事,不会逢迎拍马,而且有时出点小风头,调侃、顶撞领导一两句,压根没有想到竟被赏识提拔当了一个小官,步入了仕途。做了教导主任,在学校的待遇肯定要改善,住房从教学楼不到八平米的小杂屋搬到了宿舍楼的一室一厅小套间。

沧海觉得天道酬勤,公道自在人心,工作应该更加投入,更加努力。另一个意外是,联校书记肖诗经曾暗示,女儿很欣赏他,欢迎他到家做客,希望他帮助女儿成长。肖书记的女儿中师毕业,在峰南镇中心小学工作。石校长曾私底下透露,书记有让他成为乘龙快婿的想法,希望他抓住机遇,前途无量。沧海婉拒了肖书记的好意,曾经沧海难为水,除却巫山不是云,只有白雪永远是他心中的白雪公主,即使因为阴差阳错有四年时间两人没有见面,沧海也是不忘初心,没有放弃。一堂精彩的公开课,让沧海赢得了领导的赏识,美女的芳心,难道这就是在师范学院学习时心理学老师所说的晕轮效应?沧海感觉幸福来得太突然了一些。如果还受陈商浮鼓动,辞职下海,那就太对不起家乡这块热土了。

新官上任三把火,虽然一个乡镇中学的教导主任是一个比芝麻还小的官,但在学校毕竟是一人之下千人之上,也算一个官。在其位,就要谋其职,沧海热血沸腾,要把自己的教育理念运用于教学和管理,做一个新时代的教育家,要为峰南镇的教育事业做出自己应有的贡献。沧海相信素质教育,但并不像某些领导把素质教育与应试教育对立起来,误认为素质教育就不要应试,就是让学生唱歌跳舞、涂鸦画画、蹦蹦跳跳,就是不要竞争,减轻压力,愉快学习。正如参加工作之初与校长石英才的交流,在应试教育的大背景下,如果个人回避应试,回避竞争,只会一败涂地。他带领老师们开展教研教改活动,既顺应学生的天性,提高课堂教学效率,减轻学生的课业负担,又不回避应试技能技巧,重视对教纲考纲的研究,重视对历年考试真题的分析。鼓励老师们放慢应试的脚步,多停下来思考思考,不拘泥于联校、教育局的条条框框,不在形式主义上浪费时间和精力。

一开始,沧海的主张得到了石校长、肖书记的支持,也得到了老师们配合。工作有起色,好评纷至沓来,似乎教育界一颗新星在峰南中学冉冉升起。

这天白雪来看望沧海,他正在为学校设计教改方案,见白雪来了,只抬头微笑一下:"你先坐,不好意思,等我忙完这个东东,再来陪你,茶壶里有茶,随意吧。"

白雪"嗯"了一声,心里还是有些不高兴,自己不来城里看望,我大老远来了还让坐冷板凳,哼!然后在房里走走,随意翻看一下他书桌上的书本,抓起那本她帮买的考研复习资料,封面上已经落下了厚厚的灰尘,收回手指一看,留下了黑黑的灰印。再转过头看沧海,还在那个教改方案上写呀画的,一会儿眉头紧锁,拿笔重重地划掉几行字,一会儿眼睛放光,奋笔疾书,全然忘记了房间里还有她这么一个大活人。不由得心生怨气。

"为了提高学校的教学质量,沧海主任这么全心全意,尽心尽力,有出息,再干几年当校长。"

沧海正在忙他的活,没有体会白雪的揶揄,头也没有抬,随口答了一句,"谬赞,谬赞。我可没有这么大的奢望,尽职而已,尽职而已。"

有意讽刺,他还当成赞赏,白雪更生气:"看样子你是乐此不疲,乐在其中,听说领导还要招你做乘龙快婿。你前程远大得很!研究生也不用考了,你就安安心心教你的书,当你的教导主任吧。可笑我等了你这么多年!"说完气冲冲地就往门外走。

沧海这才回过神来,赶忙站起来,拉住白雪赔笑脸:"对不起,对不起,实在太忙了,没有好好地陪你。"

"陪不陪我,还是其次,我只想问问你,是不是在这个偏僻的中学当了一个教导主任,房子由原来的八平米换成了现在的十一平米,就倍有成就感,就放弃你的文学梦,放弃读博士当教授的梦想,安安心心在这里干一辈子?"白雪还是有些不高兴。

沧海解释说:"我从来都不会放弃我的文学梦,也从来都没有放弃让你过上幸福日子的承诺。但事情总得有个轻重缓急呀。现在学生需要我,学校在等着我。忙过这段时间,我肯定会抓紧时间复习,认真准备考试的。"

只说这个等,那个等,就没有想到自己在等他,不解释还好,越这么解释,白雪越不高兴:"学生等着你,学校等着你。好像我就没有等你。从高中毕业到现在已经等了你七年时间了,就算你今年考上,还要读三年研究生才能毕业,才能到城里找个比较理想的工作。合起来等你上十年,人生有几个十年?一个女孩子的青春年华有几个十年?"

"我不是一直在努力吗?我会尽我最大的努力让你过上幸福的日子。你把考研看得这么重,难道只有考研这条路吗?不考上研究生就没有未来,考上研究生就一定会一切顺利吗?"沧海对白雪的耿耿于怀于考研表示费解。

"难道不考上研究生,你能离开这所破学校,过上幸福的日子?"白雪反问。

沧海说:"你说得也有道理,对于农村孩子来说,努力通过考试,是改变命运的最好出路,高考,考研,都是这么一回事。你放心吧,我会努力的,再说我的公共课基础好,专业课就考那么几本书,考几个主观题目,加把劲,还是很有希望的。"

"这就对啦。知道你有教育情怀,想当教育家。但中国的教育改革有哪一场是成功的? 每一场教育改革都是折腾,越改越糊涂了。你一个农村中学的教导主任跳不出大环境,恐怕也不会有好结果。不信,你走着瞧吧。"白雪见沧海表了决心,也缓和了语气。

沧海组织的教研教改,一开始影响还不错。然而好景不长,当教育局领导来检查老师们的课外辅导记录,与学生们的谈话记录时,本学期出现了空白。沧海受到了严厉批评:不要因为自己有学历,有能力,曾经受到领导的表扬,就自以为是,可以丢掉以往的优良传统,工作不踏实!接着,那些年龄比较大,专业功底比较差的老师因为习惯了以往拼时间的蘑菇战术、题海战术,他们不适应沧海的减负策略,学生的期末统考成绩下降,镇联校批评,老师们抱怨。沧海一时成为了爬进风箱的老鼠——两头受气。

到第二学期,被白雪的预言不幸而言中,一切又回到了原点。但是新的麻烦又来了。因为教育局不允许教师双休日在学校给学生补课,那些习惯于拼时间应试的老师就偷偷地在自己家里办补习班。如果是完全免费,还能得到家长的支持,因为青壮年劳力外出打工的多,乡下有很多的留守儿童和留守老人,老人在家管孩子很累,双休日让老师管着,省事。但老师也要养家糊口,付出辛勤劳动全部免费,对老师也太苛刻了吧,一般补课都会收取补课费。农村收入不高,老师要收补课费,家长就不高兴了。

这天,沧海在校长办公室正与石英才商量新的工作计划,电话铃响了,石校长接过电话,是教育局打来的,局长严厉责问峰南中学是怎样执行教育局 35 号文件精神的。

13. 烫手山芋

　　沧海在校长办公室正与石英才商量新的工作计划，电话铃响了，石校长接过电话，是教育局打来的，局长责问批评峰南中学是怎样执行教育局 35 号文件精神的。

　　原来，习惯于通过拼时间赢得应试好成绩的戴珂老师不适应新的减负要求，双休日在家里偷偷补课，收了少量的补课费。既然教育局反对教师收费补课，并且公布了举报电话，学生和家长就可以举报，因此就有人举报了戴老师。戴珂老师成为了第一个受到举报的老师，被教育局领导严厉批评，并且责令退还全部补课费，在学校做书面检查。校长石英才，教导主任沧海也受到了连带批评。

　　一波未平一波又起，戴老师受到处分的第二天，校长办公室又接到来自教育局的电话，要求戴老师停职反省，因为有人举报她体罚学生。原来，受到处分后，戴珂老师心情沉重，闷闷不乐走进教室辅导学生的早自习，检查学生的家庭作业，发现一个平时比较调皮的学生姚哲一个作业都没有做，而且态度很不好，戴老师很生气，就顺手抓起讲台上的鸡毛掸子在他背上狠狠地抽了两下。姚哲当即就冲出了教室，跑到校门口，用 IC 电话给教育局打举报电话，时间太早，还没到教育局上班的时间，打通电话后无人接听，他跑到街上玩了一圈,再打,终于打通了,举报成功。

教育局文件三令五申禁止教师周末补课,禁止体罚学生,戴老师不仅"顶风作案",而且连连踩踏红线,毫无疑问成为接受严肃处分的典型反面教材。记过一次,从镇中心中学调到一所更加偏僻的小学任教。并且当着学生及家长的面做深刻的检查,赔偿医药费300元(其实根本就没有打伤)。戴老师一直都是表扬的对象,从来没有受过批评,这次处分对她来说,简直是奇耻大辱。在作公开检讨时,沧海看到她那瘦削的肩膀在微微颤抖,对她的不幸深表同情。其实他们也向领导求情,希望减轻处分,但正在风口浪尖的她躲不开这个劫。第二天,戴老师叫来一辆拖拉机,拖走了她那为数不多的廉价家当。沧海不知道说什么话好,默默地陪她走出校门,默默地目送她乘坐着拖拉机消失在道路的拐弯处。严格要求学生,帮学生补课,应该是对学生的一份爱,但是这份爱的动机是否很纯?沧海不得而知,也许戴老师把爱当成了一个工具,把学生成绩的提高作为自己晋升的筹码和阶梯。从这个角度来说,似乎这个处分也并不冤,也是对其他老师的一个警醒。沧海担心的是,先例一开,后果恐怕无法控制。

这种担忧,很快变成了现实,部分不守纪律的学生和一些比较刁钻的家长似乎找到了尚方宝剑,稍有不满就上访告状,教师不仅不敢补课,甚至不敢管学生。但是学校作为教育机构,教师教书育人,不可能就这样听之任之,出于师德、出于良知,也出于大众学生和家长的期待,教师必须对班级负责,对课堂负责。不知道下一个触雷的老师又是谁。

这天,沧海在教学楼的楼梯口,遇到了跟他一同参加工作年轻女老师陶欣良哭哭啼啼往行政办公室走来，一把眼泪一把鼻涕地说着："这样欺负人，我这个书没法教了！"

沧海在她的肩膀上安慰地拍了一下，问："出了什么事？不急，慢慢说。"

后面跟来了几个人，为首的是一个年龄比较大的男子，嘴里嚷着："当老师的变相体罚学生，必须认错，不然我们就要向教育局举报！"

沧海心里一紧，肯定是教师体罚学生被严肃处分的结果在继续发酵，潘多拉盒子一经打开，就无法盖上，魔鬼一旦放出，天下必定大乱。沧海尽量稳住阵脚，弄清事情的原委，启动应急处理机制，妥善处理问题。

先让小陶老师述说事情经过。原来，戴老师被"贬黜"峰南中学后，小陶老师接管了那个班，班上几个捣蛋鬼认为赶走了戴老师，他们得逞了，根本不把小陶老师放在眼里，尤其是那个姚哲经常在课堂上吵闹，这天姚哲在陶老师的课堂上不仅不认真听课，还把前面的一个女生头发辫子用图钉钉到课桌上，当女孩站起来回答老师提问时，钉住的头发扯痛头皮，女孩子疼得泪奔。女生家长课后找到了学校，要求处分姚哲，放学后，陶老师把姚哲留下来，当着女生家长的面，严肃地问："这个事情你说该怎么办？"

"我赔礼道歉。"小家伙见风使舵，油滑得很。

"还有呢？"陶老师追问道。

"我面壁思过。"说完，他自己走进老师的办公室面对墙壁站着，这家伙油头得很，已有一套应付老师处罚的熟练方法。

陶欣良感觉女生家长对这个轻描淡写的处罚不是很满意，就

108

稍微增加了一点难度，让他高举双手紧贴墙壁。因为放学回家晚了一些，姚哲的爷爷问起情况，他就添油加醋，说老师留他在办公室罚站，对他进行变相体罚。他爸妈外出打工去了，爷爷非常溺爱这个宝贝孙子，听说孙子受到老师的体罚，马上叫了几个邻居和亲戚兴师问罪的来了。陶欣良之所以让姚哲自己选择惩罚的方法，就是为了避免陷入被举报体罚学生的风险，没想到麻烦还是找上门来了。

沧海再叫过老爷子问："您说陶老师体罚了你们家宝贝孙子，请说说是怎样体罚的，好吗？"

"她叫孩子面对墙壁，双手举起来站着，他血液倒流，两眼发黑，严重影响身体发育，这不是体罚是什么？"老爷子激动地说。

"刚才您说血液倒流，是从躯干流向大脑吧？"沧海装作确认事实地问。

"是的。"老爷子肯定地回答。

沧海追问："那老师是不是让孩子双手着地，两脚朝天啊？"

"那倒没有，我孙子也没有这个功夫。"

沧海说："那就对了，正常站着，怎么会血液倒流？老人家，您说话可要凭良心呀！"

"你你你，"老爷子发觉自己被带进了圈套，生气地说，"你包庇老师，我要到教育局去举报！"

"您知道老师为什么要处分你的宝贝孙子不？"

"不知道。"老爷子倔强地说。

"你不问清自家孩子干了什么坏事才受处分，就跑到学校来找麻烦。告诉你吧，你孙子打了人，人家还要找你赔医药费呢。您说该怎么办？"

"真的吗？"

"你去问问你那宝贝孙子吧。"

老爷子自知理亏，悻悻地走了。一场风波总算平息，但是小陶老师觉得打击太大，她结婚不久，有孕在身，本来计划到下个学期初再休产假，这样寒假产假暑假三假相连休假八个月，可以达到休假最优化，闹了这一出，她干脆提前办理手续，丢下一个烂班休产假去了。

陶老师一休假，这个名声在外的班级无人愿意接，也无人敢接。身为教导主任，没人上阵，只好自己上，用他的话："我不入地狱，谁入地狱？"

接手这个烫手山芋，沧海不知又会遇到哪些麻烦。

14. 步步烦心

　　戴老师因为体罚学生受到处分调离了峰南中学，小陶老师接手这个班级，又有家长说她变相体罚学生找上门来。陶老师一气之下，干脆办理手续提前休产假去了，留下一个班级无人敢接，作为教导主任的沧海只好自己上。

　　这天早上第一节课拿着英语课本走到教室门口，推门进教室，"哗"的一下，安放在门框上面的一个垃圾篓应声倒下，幸亏沧海反应快，一偏头，躲过了垃圾篓，如果躲闪不及，纸篓就极有可能正好罩在头上，好比当地方言"牛脑壳钻到酒坛里"。教室里爆发出哈哈哈的哄笑声。沧海明白了这帮捣蛋鬼想要给他一个下马威。他站在门口，一言不发，用犀利的眼光慢慢地从一张张稚气未脱却又桀骜不驯的脸上扫过，目光如炬，每对视一双眼睛，就有一张嬉笑的面容迅速收住了笑容，等教室全部安静下来，沧海才走向讲台。转头看黑板，看到黑板上画着一张头像的简笔画，周围用粉笔画了一个相框，相框外画白花一圈，下写四个歪歪斜斜的粉笔字"沧海遗像"，旁边竖着写了一行字"沧海老师永垂不朽"。

　　沧海把目光转向台下，这回没有人哄笑，但看得出，有好几个家伙憋着嘴想笑，有几个用挑逗的眼光看着沧海，等待他的发作。

沧海仍然默不作声地对台下慢慢地扫视一遍。突然大喊一声："全体起立！"

学生条件反射,霍地齐刷刷地站了起来。

"向沧海老师遗像三鞠躬！"沧海用非常严肃、沉重的语气说道。

学生被沧海这种突如其来的方式整蒙了,机械地跟着他的指令照做。

然后,沧海稍微放缓了口气："沧海老师在天有灵,一定会为同学们的深切怀念深感欣慰。但如果同学们化悲痛为力量,认真学习,天天向上,则沧海老师一定含笑九泉。"

说完,擦掉黑板上的涂鸦,写出一行潇洒漂亮的英语句子:Unite 5.Where Is The Station?

接着用纯正地道的美式英语说："Today,we are going to learn Unite 5.Where is the station ? Follow me."

同学们惊讶地望着沧海,他们以前只知道他是教历史的,英语老师一般是女教师,而且大多是年轻的女教师,没想到这个大帅哥的英语说得这么好。对他以前的优秀事迹有所耳闻,今天更是亲眼见到了他的教师机智,孩子们不得不深深折服。在沧海的带领下,这个班级慢慢地走上了正轨,学习成绩也在稳步提高。

11 月 9 日的傍晚,沧海又在校门口的 IC 卡电话机上默契地接到了白雪的电话。白雪问他报考了研究生没有。

"哎哟！"沧海一拍大腿,"幸亏你及时提醒,这段时间我给这帮小兔崽子折腾得简直晕了头,明天是报考时间的截止日期,我得赶紧去报名。"

白雪说:"我这两天正好休假在省城我老兄家,明天到师大帮你排队领表、填表报名。你只需赶过来照相体检,帮你节省一点时间。不然,真担心你赶不上。"

沧海连夜请假调课,第二天清早赶车进城。谢天谢地,在白雪的协助下,总算赶在下班之前完成了各项报名手续,再连夜赶回学校,准备第二天的课程。

令人震惊的是,五天后,沧海收到来自江南师大研究生院考试中心的特快专递,告诉他体检结果不合格:心率不齐。并附上了一张频率极不规则的心电图。通知他再去确诊一下,如果确诊有心脏病就不能报考。

我的天哪!年纪轻轻就得了心脏病。难道要我"出师未捷身先死,长使英雄泪满襟"?沧海简直不敢多想。同时分配来峰南中学工作的物理老师杨正气听到消息后赶忙安慰:"你身体这么好,不像有心脏病的人,十有八九是检查有误,别自己吓唬自己。不是通知你去复检吗?说明有疑问,没有确定。"然后告诉沧海,他有一个同学在县人民医院胸内科,可以请同学仔细确诊一下,如果确实有病就安心治病,细心调理,不急着考试了,调好以后再考不迟,也不用路途遥远赶到省城去复检了;如果没病,就可以放放心心去师大复检,认认真真去考试。

沧海觉得有理,就到县人民医院找杨老师的同学仔细检查了一遍。因为有熟人帮忙,检查结果很快就出来了,一切正常!医生解释说,上次的心率异常,可能是因为检查前太忙碌,太辛苦,太焦急,急火攻心,出现了检查的误差。虚惊一场!第二天,沧海把县人民医院的检查结果交给师大考试中心,考试中心联系校医院再进行了一次检查,一切正常,考试中心更换了体检表,沧海通过了考试体检关。

一块石头总算落地。沧海吹着口哨,迈着轻松的步伐,准备乘车回家。走出大学不远,就在公共汽车站附近,看到有一群人围着一盘棋在指指点点,沧海凑了过去,他象棋下得好,是一个棋迷。走过去一看,是一盘残局"绝处逢生"。沧海蹲在旁边研究了半天,确定红方在节节抵抗的最后得到反将,绝处逢生,赢得胜利。但是旁边一个愣头青硬是脸红脖子粗地叫喊是黑方赢。沧海好心提醒他别逞强,结果反被激将各下赌注一百元进行决斗。想到早就研究透彻,赌就赌呗,不教训一下,你个愣头青不知道天外有天。沧海按照早已计算好的步骤一步一步进行抵抗,到了关键一步,抽炮,大喊一声:"反将!"

"吃车!"不知黑方什么时候冒出了一个车一把吃掉沧海正在将军的车,那小子抓起红车丢掉了一边。

"噢,噢,噢!输了,输了!"围观者起哄。然后一圈人抓起棋盘棋子走人了,留下沧海一个人蹲在地上发愣。

"是沧海吗?蹲在这里干什么呀?"

沧海抬头一看,是大学同学,棋友法志国。沧海蹲在地上没有动:"志国,我输了,刚才你早点来就好了。"

法志国扯起沧海说:"是刚才与人下象棋残局输了吧?"

沧海点点头,没作声。

"那就对了,你不输才怪。"法志国说。

"唉,你怎么这么没良心?"沧海认为志国在幸灾乐祸,有些不高兴,"好歹我们是棋友,棋艺在伯仲之间,大学棋赛时,我们一起杀进了半决赛。"

"你误解了,"法志国解释说,"他们是骗子,你上当了,摆摊的、下棋的、围观的,都是一伙的,已经做好了笼子,专等你往里面钻。他们在这附近摆了几天了,我也差点上当。输得不多吧?"

"不多,"沧海哭丧着脸说,"只是把回去的路费输了,不,是被骗了。"

"算你走运,"法志国说,"我接济你吧。"

法志国一直想当法官,希望能够依法治国,还在大学期间就在做准备,去年考上了江南师范大学的法律硕士研究生。这次在校门外偶遇沧海,借路费给他,帮助他解决燃眉之急。

沧海刚刚担任教导主任的这一年,烦心事情层出不穷,一直没有消停,根本没有时间认真准备考研。转眼又到了寒冬腊月,天寒地冻,进城考研的时间。沧海觉得准备不足,打算弃考,被白雪严肃批评了一顿:"第一年刚刚入职没有报考,第二年进城赶考被扒手偷去钱包和证件,今年又说准备不充足要放弃,你到底还考不考,还想不想离开农村进城呀?"

严厉批评下,沧海觉得理亏,只好仓促应考,考完之后,也就不问结果了。

开春之后,新学期伊始,又够忙碌的了。这天课间突然接到了法志国的来电:"沧海,告诉你两个消息,一个好消息,一个坏消息,你想先听哪一个?"

"别卖关子了吧,"沧海说,"如果说一好一坏,肯定结果是坏消息。你说坏消息吧。"

15. 峰回路转

　　新学期伊始,沧海课间突然接到了法志国的来电,"沧海,告诉你两个消息,一个好消息,一个坏消息,你想先听哪一个?"

　　"别卖关子了吧,"沧海说,"如果说一好一坏,肯定结果是坏消息。你说坏消息吧。"

　　"我还是先说好消息吧,"法志国觉得如果先说了坏消息就没有了悬念,就没有韵味了,"我查了你考研的分数,好消息是上了去年全国的最低录取线。"

　　"坏消息是没有上今年的分数线。"沧海抢先说了。

　　"那倒不一定",志国说,"应该上全国录取分数线没问题,只是津门大学是名牌大学,要上他们的分数线,玄。"

　　"直说今年没戏,不就得了。"沧海说,"有必要卖那么多关子吗?"

　　"话可不能这么说,"法志国仍然慢条斯理,"考不上名牌大学,可以调剂呀,虽然学校没有那么好,但也能够曲线救国呀。"

　　"请问往哪里调剂,成功的概率会比较高?"

　　"仗剑走天涯,请往西部走,新疆、青海、西藏的分数线要低很多,云南、广西、贵州,也要比我们这里大学的录取分数线低。你报考津门大学能上国家录取分数线,调剂这些地方应该没问题。"志国说。

"别人孔雀东南飞,你鼓励我仗剑走天涯,哥哥走西口?"沧海并不领情。

"这是一步险棋,但剑走偏锋,往往险胜。"法志国又是棋道,又是剑道,"道理我只能讲到这里了,何去何从,自己看着办吧。"

"好的,谢谢你的关心。"出于礼貌,沧海谢过法志国,"我再和家里人商量商量,也征求一下我女朋友的意见。"

没多久,白雪也打来电话,告知考试分数。沧海苦笑一声,别人比自己更着急。她当然不支持"哥哥走西口",认为即使今年不能被津门大学录取,至少反映他的实力在那里,再努力一把,明年肯定能心想事成,考一个好大学。

虽然沧海最终没有被津门大学录取,他也没有主动去联系别的大学进行调剂,仍然留在峰南中学任教,但他虽败犹荣,因为初试牛刀,情形并不坏,证明了自己的实力,让他和白雪看到了光明。体罚事件的后遗症渐渐平复,班级的组织纪律性也得到了明显改善,学生的成绩在稳步提升,沧海在学校的威信得到了进一步巩固。终于能够腾出一些时间准备来年的考研了。

教师节正逢双休日,沧海来到师大附近的城西书店购买考研复习资料。提着书本刚刚走出店门,遇到法志国迎面走来。法志国要尽地主之谊,盛情邀请沧海共进午餐,小喝一盅。席间法志国问:"你没有接受我曲线救国的建议,调剂到别的学校,看来你对工作的学校还有留恋之情,至少没有我当年逃命的感觉。"

沧海问:"你当年为什么有逃命的感觉呢?"

"别说了，"志国摇了摇手说，"说起来尽是泪。我毕业后分配在一所高中工作，高考升学压力大，我的心又不在教学上，一心想着考出来，学生考试成绩不佳，家长告状，领导批评，学生对抗。真是苦不堪言。我没有你那种教育情怀，也不像你在学校受欢迎。"然后举起酒杯，"来，今天是教师节，祝光荣的人民教师节日快乐！"

　　"谢谢！"沧海也举起了酒杯，"我没有你说得那么伟大，也没有达到安贫乐道的境界，不然也不会来考研。这里有一首教师写给自己节日的诗，应该能够较好地代表我的心声。"一口喝掉杯子里的酒后，沧海清了清嗓音，背起了诗歌：

　　前天的中秋节/不管他们怎么隆重/你可以心无波澜/今天的教师节/不管他们心无波澜/你自己必须隆重

　　你可以痛恨这个世界/但你必须爱自己这个职业/这个世界一切都可以坏/唯有我们必须美丽得/令人尊重

　　尽管很多人长大后不一定/善良如初/孩子们清纯的眼眸/总不该是我们去糅进杂质

　　我们可以不必高尚得/让人仰望/但一定不可以低俗得/让人鄙夷/尽管我们不承认自己是/太阳底下最光辉的事业/但毕竟最光辉的帽子就没有/戴上其他的职业/祝教师节快乐

　　"感动，"法志国又倒上了一杯，"来来来，干杯，教师节快乐！"

　　平静的日子，时间过得特别快，很快到了11月初，沧海顺利地通过了报考。大雁南飞，天凉加衣，身材有些单瘦的沧海在繁重工作和紧张备考的双重压力下，有些力不从心，支气管炎发作，经常咳嗽。乡下的药物质量不佳,疗效不好。白雪建议他加强体育锻炼,坚持晨跑。沧海也相信晨跑的益处,但经常要下早自习,要很早到教室,清早长跑一身汗,洗澡后再去教室,很赶。沧海不想起得太早,觉得晚跑更加合适。曾经晚上到学校外面的马路上跑,但是乡下的摩托渐渐多了,那些年轻的骑士一般都没有驾驶证,没有经过严格的训练,交通规则意识不强,经常不按规矩狂奔,乡下马路上没有路灯,不时有摩托开着刺眼的车灯呼啸而过,沧海感到晚上在马路上长跑,安全系数低,如果遇上夺命骑士,后果不堪设想。到学校的后操场去跑步吧,可晚上漆黑的后操坪上只有不到一百米的跑道填了煤渣,比较平,比较干燥,其余的跑道是土路,如果下雨就有积水,打滑,同样不方便。还是宿舍楼前那块狭小的坪地比较安全,坪地中央有个花坛,沧海就围着花坛一圈又一圈地跑起来。一开始,同事觉得他有些奇葩,嬉笑着看他围着花坛跑:"沧海,你在推磨吗?但是怎么没有看见你的磨呀?"

"哦,我是在推着石磨跑,但只有聪明人才看得见我的石磨。"沧海以安徒生童话《皇帝的新装》中骗子的把戏来笑答。

时间久了,大家也就习惯了,甚至还有两个同事的小孩屁颠屁颠地跟着在后面凑热闹。还别说,晚跑这招还挺灵的,不久,沧海的咳嗽就好了,身体健壮了,精力也更加充沛,学习效果也更好。

转眼到了年底,又要进城参加研究生入学考试了。白雪担心他再次出现前年的尴尬局面,打来电话叮嘱他一定要把证件深藏在背包里或者是贴身的口袋里,钱要分开放在身上和背包里,即使再次遭遇扒手也不至于洗劫一空。

今年天气比往年要暖和一些,没有那么天寒地冻。一大早,沧海又站在街头等候进省城的长途客车，又遇到唐倩燕骑着摩托送小孩上幼儿园。唐倩燕告诉他，陈商浮回来了，并且今天要进省城，要沧海搭便车。沧海觉得陈商浮一身铜臭，看不起教师，不想搭他的便车，宁愿挤大巴。

唐倩燕说："其实商浮还是蛮羡慕你们这些考上大学的同学的，他只是有时吃不到葡萄说葡萄酸，以自己赚了几个钱来掩盖他没有考上大学的心虚而已。你不要计较他说话的神气，我帮你打个电话问问他什么时候动身。"然后掏出手机与陈商浮联系。挂掉手机后，对沧海说，"你稍微等等，他马上就过来。"

沧海留意到唐倩燕的穿戴和坐骑以及举止气质，感觉到她不像当年那个发廊女孩，就试着问道："我在街上没有看到你原来的理发店了，到哪里高就去了？"

"什么高就不高就的，只是女承父业罢了。我爸以前是开药铺的，曾经因为欠债关闭。后来还清了债务，又重操旧业，生意还不错。我就帮老爸打点药铺，还学着看看病。还要感谢商浮的热情相助，要不是他借钱，我们家的药铺、诊所肯定没有这么顺利开张。"唐倩燕往来路瞟了一眼，"哦，商浮的车来了。我还要送孩子上幼儿园，就不陪你了。祝你考试顺利，心想事成！"

陈商浮开着他那辆气派的奥迪过来了，"沧海，上车吧，专车送你进城赶考，一定高中。"

"借你吉言。"沧海搭上商浮的便车，"难得你一个大老板送我一个穷书生。"

"哪里的话，现在提倡尊重知识尊重人才，我一个打工仔送你一个大知识分子，是我的荣幸。"陈商浮大大咧咧地说。

"不对呀！"沧海觉得有些不习惯，"上次你一再表示读书没有用，说我读那么多书干什么？今天怎么改口了呢？听得我有些不习惯了。那次听了你的劝说，我心里还在抱怨，他娘的，体脑倒挂，斯文扫地。你在说反话，揶揄我吧？"

陈商浮解释说："以前我是觉得读那么多书没什么用，但随着时间的推移，我的认识在渐渐改变，其实没有什么体脑倒挂，一直是有知识有文化的人占优势，普通打工仔、打工妹也没多少收入，就拿我们做生意或者开工厂来说吧，文化不高的小打小闹赚点小钱，即使运气好，一时发财了，也很难持久，充其量是一个暴发户，说不定过几天又亏得一塌糊涂。有知识的大老板才是儒商，他们对博士教授都很客气的。现在很多有钱人也想弄张高等学历文凭，比如读个 MBA 什么的，我们这些文化低的小老板是不能入流的。"

沧海说："前段时间不是流传'造原子弹的比不上卖茶叶蛋的，拿手术刀的比不上拿剃头刀的'吗？这使我想起了元代统治者把人分为十等即'一官、二吏、三僧、四道、五医、六工、七猎、八娼、九儒、十丐'，文化大革命中骂教师'臭老九'，就是这么来的，我们当前的知识分子也没受到重视，我们学校学历高一点的年轻老师都不安心，想跳槽。"

陈商浮问："'八娼九儒十丐'是什么意思？"

"就是把教师排在妓女的后面，乞丐的前面，跟你上次说到读那么多书有什么用差不多。"沧海说。

"那是我瞎说，你不要放在心上。你看，'为国选材，公平公正'，已经到了，好好考试，希望你成为我们同学中的第一个研究生。"

沧海坐在商浮的车上，有一搭没一搭地聊着，不知不觉到了师大,考场外面挂的横幅在寒风中轻轻摇摆。沧海谢过陈商浮,走进校门,就近找了一个招待所,准备明天的考试。

感觉考试很顺利,考完的第二天,沧海收拾行李准备回家。走出招待所的大门,望望天空,厚重的云层间漏出一缕微弱的阳光,沧海感觉这是冬日难得的温馨,似乎这缕微弱的阳光带来无限生机和希望。这时手机响起,是白雪打过来询问他考试的感受的,沧海长长地吁了一口气,说:"出太阳了,应该要出青天了。"

白雪接过话:"是该出青天了,希望你美梦成真。"

16. 考研佳绩

　　沧海第三次进城参加研究生入学考试,感觉考得还比较顺利,考完准备回家时,天气转晴,沧海长长地吁了一口气,"出青天了,是该出青天了。"

　　考完之后,在成绩出来之前,日子过得平平淡淡,沧海继续当着他的教导主任,接管着曾经让戴老师、陶老师伤透了心的那个班。每天早出晚归,两头见星星。这天上完第二节课,刚刚回年级组办公室课间休息,手机响了,是白雪打来的。什么事呢?尽管手机在逐渐普及,但为了省话费,他们一般不用手机,学校行政办公室的电话人多嘴杂,也用得很少,校门口的 IC 电话用得最多,而且有那种默契,总能在恰当的时间来电话,接电话,仿佛是他们的专用电话。沧海接通电话问:"不是专用时间来电,肯定有重要事情,是好消息还是坏消息呀?"

　　"你猜。"

　　"从你说话的神气可以猜出肯定是好消息"。沧海说,"什么好事? 愿闻其详。"

　　"你查了自己考研的分数吗?"白雪问。

　　"不管什么考试,我从来没有急切查询考试分数的习惯。一般都是别人比我自己更关心,他们查了之后再告诉我。考研的分数应该还没这么快就出来吧?"沧海说。

"就你有大将风度,泰山崩于前而色不改,麋鹿兴于左而目不瞬。"白雪笑着调侃,"我已经帮你查了,放心好了,你应该能够顺利地跳出农村,离开那所破破烂烂的中学了,这次考研你考了390多分,超过去年的国家分数线70多分。祝贺你!"

"真的吗?你确定?"沧海担心信息有误。

"绝对没问题,我用168查分电话连续查了十来遍,准确无误。"白雪兴奋而又肯定地说。

"我的妹子呀,我信你的,但你也没有必要查十遍呀!168查询电话费很贵的,要一块多钱一分钟。"沧海笑话白雪说。

白雪固执地说:"我乐意,我拨了一次又一次,听到报你的分数,这门80多,那门90多,听着很舒服。而且,我还顺便查了准考证号码在你前面的两个考生和后面的两个考生的分数,他们都比你低多了。我兴奋不已,不能等到晚饭以后再用IC电话告诉你了。"

沧海虽然没有表现出喜形于色,但也确实松了一口气,应该有机会实现自己的文学梦,也应该有机会做个有头有脸的大学教授,而不是排在八娼十丐之间的中小学教师。不久收到了复试通知,踏上北去的列车到自己心仪已久的高等学府。火车奔驰在京广线上,透过窗户,沧海在一日之内看尽南方的春暖花开,感受北国的春寒料峭。

到达津门大学后,了解到校内招待所不仅很贵,而且因为参加复试的考生比较多,一房难求,沧海在校外找到一家单位的地下室招待所,价格比校内招待所便宜很多,一间房间一天 50 元。沧海拿了钥匙,从入口走进地下室,经过长长的过道,拐了两个弯,在一个拐角处找到了租住的房间,开锁推门进去,黑咕隆咚,房间没有窗户,只有一个类似半截窗户的透气口,从地面漏下一丝微弱的光线,如果不开灯,感觉就像地窖或者洞穴。放下行李,走出地下室出来吃饭时,沧海有意用脚步度量了一下距离,从房间到地面出口一共有 289 步,约合 200 米吧。在接下来的两三天,沧海的大部分时间将在这个黑咕隆咚的地下室里度过,被他笑称北国都市名牌大学旁边的洞穴生活。每天,沧海与一群年轻人在这地下室出出进进,像蜗居的老鼠,又像忙碌的蚂蚁。

在津门大学文学院复试时,有个戴着精致无框眼镜的年轻评委老师问沧海:"你本科毕业于哪所大学?"

"莲城师范学院。"

"莲城师范学院在哪个省?这个学校应该升本科不久吧?"听得出,这个毕业于名牌大学的年轻海归不仅仅不熟悉莲城师院,也瞧不起毕业于这种三流大学的学生。前面也问过一个毕业于专业学校的女生类似的问题,窘得那个女生满脸通红,不敢正面回答。

沧海早就听说过有些名牌大学的导师在录取研究生时,很看重考生的出身,不仅看学历,还看学校历。但不会像那位女生那样窘态,自信心满满,不卑不亢地说:"莲城师院在'惟楚有才,于斯为盛'的江南省,莲城师院虽说升格为本科学校的时间不长,但也人杰地灵,培养了不少优秀人才。"

旁边的老教授赶快打圆场:"英雄不问出处,人才也不问出处。只要是优秀学生,我们津门大学都欢迎,不管毕业于哪个学校,也不管第一学历是专科还是本科。"面试很快进入了一种相对轻松愉快的氛围。

面试结果很快公布了,沧海排在名单的前列,只要等到正式的录取通知书寄到,就可以办理转调档案等相关手续。石头落地,轻松片刻,沧海愉悦地徜徉在大都市的名牌大学校园。马蹄湖的荷花还没有开放,但是待到下学期开学之时,可以观荷花之"夕敛",闻游丝之莲香;立钓雪斋前诵诗箫歌,赴伯苓楼周五晚间的"七点"之约;还要品尝西南村撒了香菜与虾米的云吞搁鸡蛋……

一个月后,调档函和户口迁移通知发到了峰南中学。沧海准备下周着手办理人事档案的调动和户口关系的迁移,并把这个消息告诉了白雪。周末,白雪来到了峰南镇,沧海在峰南镇的两个好友龙之城与唐倩燕也来了,大家在镇上最好的饭店小聚,小酌一杯。白雪自从七年前他们还是高中生时醉酒失态后,轻易不沾酒,尤其在同学面前,但今天这么喜庆的事情,大家高兴,破例喝了几杯啤酒。很快脸上红晕泛起,更显娇羞,活脱脱的醉美人。沧海、龙之城谨记上次的教训,没有勉强两位女生多喝酒,大家点到为止,见好就收,在愉快兴奋的氛围中结束了聚会。

微醺的白雪稍微洗漱一下就躺到了床上:"很久没有喝酒了,今天喝了两杯,头有点晕,不回家了,就在这里躺躺。"

白雪的家离峰南中学不远,但父母都去世得比较早,家里没有人,就很少回家,他们兄妹只偶尔回家看看,打扫一下卫生,算是维护一份祖业,寻找一份儿时的记忆吧。每次看望沧海后,一般都是回自家住,只有第一次来峰南中学看望刚刚上班不久的沧海,因为玩得太晚,就留下来了,两人也是和衣睡下,不敢越界。

沧海看了看床上的"醉美人",想到上次白雪半开玩笑半当真的话"你爬过来是禽兽,不爬过来是禽兽不如",觉得今晚借酒壮胆,应该要主动一些。就熄灯凑了过去,把白雪抱到了怀里,没有被推开。胆子大了一些,把手伸到她的上衣内抚摸。白雪一把抓住他的手:"不许动,讨厌。"

但沧海明显感觉到了那句"讨厌"是嗔怒,就笑着说:"我还是宁愿禽兽不如吧。"继续在她细腻丰腴的肌肤上抚摸。

"你别诱惑我好不好?"白雪的语气更加柔和了。过了一会儿,她说,"我胸口很闷。"

沧海问:"你不会这一点点酒就醉了,要吐吧?要我把垃圾桶拿过来吗?"

"不用,胸衣太紧,我出不了气。你帮我解开一下。"

沧海心领神会地帮她解开了胸衣,接触到她那润滑的肌肤,酥软的胸部,沧海顿时血脉喷张。白雪很快发出轻微兴奋的呻吟……

第二天起床,不用过多的解释,两人相视一笑。又是忙碌的星期一,天刚蒙蒙亮,沧海骑车送白雪赶最早的班车回城上班。

出校门的小河边,碰到一群嘻嘻哈哈、追追闹闹的学生骑着单车来上学,沧海按了一下摩托的喇叭,追闹的学生听到喇叭声,慌忙往道路的两边让。沧海减慢了速度,再次鸣笛,提醒学生行走靠右边,不要停留在中间,或者逆向行驶。然而,有几个学生可能交通规则意识不强,也可能是下坡控制不了车子,继续往沧海的右边让,其中有个学生,是沧海班上的姚哲,逆行到桥边,想左脚踩着桥边低矮的护栏停住车,结果一脚踩空,失去平衡,单车一歪,掉了下去……

17.福祸急转

　　沧海顺利地通过了北方名校津门大学的硕士研究生招生考试的复试,收到了调档函和户口迁移通知,为了表示庆贺,与白雪、之城、燕子小酌了几杯,第二天清早骑摩托车送白雪赶早班车回城上班时,在离学校不远的地方遇到一群骑自行车上学的学生,学生们嘻嘻哈哈、追追闹闹在与沧海会车时,有学生慌乱之中让错边,其中沧海班上的姚哲不慎跌落桥头,掉进了河里。

　　沧海大叫一声:"不好!"迅速停下摩托,踢掉鞋子,来不及脱掉长衣长裤,从桥头纵身跳入河中。这是一条小河,一般情况下,水深仅仅够着成人的腰际,但现在丰水季节,早几天还下了一场大雨,水量比平时大得多,水流速度较快,再加上近年农村新建楼房剧增,需要用到大量河沙,河床到处被淘沙队掏得坑坑洼洼,增加了河水的险情。个子不高的姚哲被河水掩盖了头顶,沧海费了很大功夫才在水底摸到姚哲,然后用力把他提起推到岸边,河岸比较陡,不方便用力,大家七手八脚,好不容易才把姚哲扯上河岸。沧海自己也累得筋疲力尽,趴在岸边浮出水面的石头上休息了足足十分钟才勉强恢复体力,爬上河堤。

　　上得岸来,看见姚哲闭着眼睛躺在地上一动不动,任凭同学呼喊都没有回声。沧海直觉得脑子嗡嗡作响,不祥的预感涌上心来。

"赶快做人工呼吸,赶快抢救!"沧海扒开围在姚哲身旁的同学,迅速展开紧急抢救。他对溺水抢救略知一二,先打开溺水者的嘴巴,清理口腔、喉咙的异物,但并没有什么异物;把溺水者腹部朝下放到摩托车座位挤压可能吃进肚子的河水,也没有挤出水分。紧接着进行人工呼吸,沧海掩着姚哲的嘴巴,自己深吸一口气后对着姚哲的鼻子吹气,只听到姚哲身体里发出哗啦啦的响声,不知道是喉部的小舌作响还是胸腔里的肺叶作响。听到这哗啦啦的响声,沧海认为发生了反应,也许有生还的希望,继续不停地吸气,吹气。几个闻讯赶来的老师加入了人工呼吸紧急抢救的队伍。尽管过去几十分钟,毫无生命反应,沧海还在坚持,并且对旁边的老师说,"千万不能放弃,哪怕只有万分之一的希望,我们也要尽一万分的努力抢救。"

这时,一个裤腿上沾有泥巴,光着双脚的中年妇女骑着单车跑过来,下车后,也不把单车停稳就往路边一丢,急切地喊着:"姚哲,哲哲!"

姚哲的家离学校并不远,有同学报信到了他家,他妈妈当时正在田里忙着农活,听到这惊人的坏消息,顾不上穿鞋骑上自行车就慌慌张张地跑过来了。看到躺在地上的姚哲,担心着凉,她把自己的长袖脱下盖在儿子的身上,自己只穿了贴身的内衣。这种情况下,没有人会去笑话她,只有对母爱的敬重。她说了声"谢谢老师"迅速加入到了紧急抢救的队伍。

姚哲妈接过人工呼吸的任务,沧海疲惫地站起身,白雪不知什么时候拿来了一件上衣披在沧海的身上,沧海才感觉到暮春清早的凉意,前面太专注了,浑身湿漉漉的没有感觉到冷。沧海有些失望对旁边老师和姚哲的妈妈说:"我们抢救了很久,都不见效果,还是赶快叫医生来进行专业抢救吧。"

白雪说:"我已经叫了燕子,她马上就会赶到。"

燕子家世代行医,两年前她已跟随父亲在镇上开药房和诊所。不久,唐倩燕背着药箱,骑着那辆红色的女式摩托赶过来了。她扒开姚哲的眼睛用一个小手电照了一下瞳孔,用听筒听了一下心脏的跳动声,还用手摸了溺水者的肛门。然后站起身用凝重的语气告诉大家,"溺水者已经没有生命体征,没有生还希望了。"然后问沧海,救上来时溺水者口中是否有杂物,肚子里是否有水?当得到的回答是否定的时候,唐倩燕解释说,这是落水时一口水呛破了气管,呛死的,无法挽救,如果是喝多了水窒息昏迷还有抢救的可能。现在瞳孔放大,瞳仁扩散,心脏停止跳动,肛门也已经松弛漏气了,没有生命体征了。然后安慰姚哲妈,"大家都已尽力了。事已至此,还是接受现实,节哀顺变吧。"

听到医生的宣判,姚哲妈顿时脸色煞白,泪如雨下,瘫坐在地上。过了好一会儿,才抱起儿子的尸体挣扎着站起来,"孩子,妈抱你回家去。"

望着她抱着孩子跟跟跄跄地往回走的背影,沧海鼻子一酸,好可怜她的。赶忙骑上摩托车跟上去说,"你等等,我骑车送你回去吧。"

"谢谢老师,辛苦你们了,不用送,我这样抱着踏实。"她悲伤而又倔强地说。

沧海还是不放心,就帮收拾姚哲的遗物,锁了自己的摩托,对白雪说:"不好意思，我今天不能送你去车站了，你自己搭车回去吧。我去送送他们母子。"推着姚哲妈和姚哲的两辆自行车跟上去。

白雪跟上来，接过一辆自行车说，"我不放心你，陪你一起去吧。"停了一会儿，白雪担心地说，"你是一个大好人，但恐怕不一定会得到理解，得到好报。你一个人去，只怕说不清楚，会吃大亏。我有这种预感。"

沧海说:"我有同感，但我无法回避。"整个事件沧海并无过错，而且尽到了最大努力，但意外的悲剧就发生在他的身边，在家校矛盾突出的时代，他深知自己无法独善其身，全身而退。

跟了一程，沧海听到姚哲妈妈厚重的喘息声，放下自行车说:"还是让我来帮帮吧。"

大概太累了，这回姚哲妈妈没有固执地坚持。沧海接过孩子，负重前行，感觉还是较沉的。想到抱在手里的孩子不是活生生的，而是一具冷冰的尸体，越发难受，更不敢直视孩子苍白的面孔。他想扛到肩上，也觉得晦气。白雪看出了沧海为难的神情，马上把自行车推过来，示意他把尸体放在单车上推着走。

姚哲妈妈一把抢过孩子，把孩子横抱在怀里走在前面，沧海、白雪默不作声地跟在后面。

18. 蒙冤受辱

　　姚哲妈妈抱着死去的孩子回到家里,把孩子放到床上。正是农忙时节,爷爷奶奶都出去劳作去了,在外打工的爸爸还没回来,家里空空的,姚哲妈坐在床边目光呆滞,面无表情,一声不吭。沧海掏出钱包把钱全部掏出来,一共四百多,放在床边的小桌子上,说声"节哀顺变"。姚哲妈抬了一下眼皮,嘴角抽动了一下,但没有说出话来,也没有起身。

　　白雪扯了一下沧海的衣角,示意此地不可久留,赶快离开这个是非之地。沧海朝姚哲妈妈点点头,与白雪悄悄地退了出来。

　　沧海、白雪默默地走在回学校的路上。这时候,天已大亮,太阳出来了,气温渐渐升高,沧海身上的湿衣服也被身体吸干了大半,湿润的头发凌乱地沾在前额上,脸色疲惫苍白,狼狈不堪。沧海送白雪到镇上的车站搭车回城,只见六辆摩托呼啸而过,驶向峰南中学,每辆摩托上坐着两到三个人,来势汹汹。很快,又有三辆折回,飞驶到车站。沧海的心提到了嗓子眼,预感到自己的悲剧即将上演,这场灾难是躲不过了。

　　"突突突",三辆摩托停到了沧海的面前,为首的一个络腮胡子恶声恶气地对沧海说:"你是峰南中学开车撞死学生的那个沧海老师吧?"

沧海对这个络腮胡子耳有所闻,是街上有名的"五不烂",当地对混混、街痞、地头蛇的称呼,专干一些"了难"的事,即帮人摆平是非,收取保护费,手下有一帮喽啰,在地方上有一定的势力。"你怎么信口开河,胡说八道,说话这样不负责任? 说什么我开车撞死了学生? 是他自己不小心意外落水身亡。为了救他,我还累得半死。这不是我掩饰过错,推卸责任,有很多学生和老师在场,可以为我做证! 我虽然对他的不幸深表同情,为他和他们家难过,作为他的老师,我也为学生悲伤。但说撞死学生的黑锅我肯定不能背! "

　　"就是你骑摩托把他撞到河里面去的,还想抵赖? 没有那么容易! 走! 跟我们到灵堂去披麻戴孝,去赔钱!"络腮胡子蛮横不讲理。

　　"走! 走! 走! 赔钱,赔钱! "跟在身后的喽啰附和着。并且走过来抓住沧海的胳膊,扭送他往学校走去。

　　"你们到底有没有天理良心,讲不讲道理,有没有王法? "白雪本来已经登上了进城的客车,看到这群蛮横不讲理的"五不烂"来扭送沧海,又匆忙从车上跳下来评理,"不是他撞到学生,是他冒险跳到河里救人,做人工呼吸,只不过没有救活而已。不要你们感谢,反倒怪罪他。凭什么抓人?! "

　　络腮胡子转过脸,眼露凶光:"关你什么事? 哪里来的狐狸精? "

　　旁边有人告诉他,这是沧海的女朋友。

　　"你凭什么骂人? 说话嘴巴放干净点! "白雪没有被他的气焰吓倒。

　　"骂你? 还要打你呢。你是他女朋友,当时你们在一起,你也脱不了干系! 一起抓走! "

　　沧海看到他们要抓白雪,厉声说:"放开她!如果你们非要蛮横不讲理,冲我一个人来好了！不关她的事。"

"这可由不得你！""五不烂"们不由分说,把他们两个都抓起来,扭送回学校。

回到校门口,看到已经有人把姚哲的尸体抬过来摆到了校门口。姚哲的爷爷跑过来,一把抓住沧海的胸襟,哭喊着:"你赔我的孙子,赔我的孙子!"

沧海解释说:"老人家您可不能听他们瞎说呀,我没有撞您的孙子,我只是拼命救您的孙子。说话要讲良心呀。"

"我不信,我不信！如果不是你撞下去的,你怎么会跳下去救？如果不是你撞下去的,你怎么会拼命地做人工呼吸？如果不是你撞下去的,你怎么会送他们娘崽回去,会给钱？"老爷子的歪理让人哭笑不得。

但此时此地的沧海哪有心思去笑话这种歪理,"我的天哪！"沧海仰天长叹,"我的好心全被当作了驴肝肺。救人,帮人,都成了肇事行凶的证据！别说他是我的学生,就是一个素昧平生的过路人,出于做人的基本良知,作为一个为人师表的老师,我也会尽力而为的。"

"你对我们家哲哲有偏见,肯定是故意撞的。上次那个女老师体罚我们家哲哲,我来找你们评理,你还包庇老师。你肯定是怀恨在心,故意报复我们。你还我孙子！"姚老爷子胡搅蛮缠。

"不要以小人之心度君子之腹,好吗？我光明磊落,才没有你这老头子想得龌龊呢！"老爷子的妄加揣测,沧海听了委实生气了。

围观的人越来越多了,有人在喊:"不要跟他嚼舌了,把灵堂设到他的房间去！"

"噢,噢,噢!"众人簇拥着把尸体抬往沧海的房间。

"站住!你们这在干什么?这是学校,教学机构,培养学生的地方。你们肆意冲击学校,扰乱正常教学秩序。这是在犯法!"校长石英才带着几个老师前来阻止这帮人的胡作非为。

"石校长,你们学校的老师,还是教导主任骑车撞死了学生,你到底还管不管?"络腮胡子走上前去盛气凌人地说。

"无凭无据,血口喷人,是非不分,黑白颠倒!"石英才针锋相对。

"你石校长也不是一个好东西,你们老师都不是好东西!"

"说什么义务教育,但每年还要交这个费,那个费。每年还要我们交教育附加费,剥削我们!"

"还带学生搞什么勤工俭学,剥削学生的血汗钱。"

人群里七嘴八舌,百口莫辩。

忽然,人群里有人嚷嚷:"把尸体抬到每一个老师的床上放一下,让这些吸血鬼老师沾点晦气!"

"好好好!噢噢噢!"群魔乱舞,这群乌合之众抬着尸体推开石英才和老师们,首先把尸体放到沧海的床上,还用被子包了又包,然后如法炮制,嚷嚷着抬着尸体到每一个教师房间每一张床上放一下,用被子包裹一下。

年轻女老师陶欣良休完产假又来上班了,见到这架势,害怕地关起门,躲在房间里不敢出来。疯狂的人们抬着尸体来到她门前,叫开门她不开,络腮胡子走上前一脚把门踹开,众人抬着尸体蜂拥挤进房间,把美女教师布置得精致温馨的房间弄得一塌糊涂,把尸体放到她床上,还用那床漂亮的弹花被裹了又裹,陶老师当即吓得

"哇"地哭了起来。

　　一番折腾后，这帮暴徒还不过瘾，在学校礼堂设起了灵堂。可能是觉得沧海那间 11 平米的房间不够宽敞，不便于他们大肆折腾，改设到了礼堂。他们把沧海、白雪、石英才抓到了私设的灵堂，把临时做的白布帽子戴到了他们的头上，把麻衣披到了他们的身上，要他们为死者披麻戴孝，还要他们跪下磕头。白雪和石英才迫于"五不烂"们的淫威，被迫跪下。沧海僵硬着身子，不管他们怎么用劲按就是不下跪。望着头发花白、平日德高望重备受尊敬的恩师和平日如花似玉人见人爱今天头发散乱衣衫不整的恋人跪在地上，他们毫无过错，就跟着自己不明不白地在这里受尽屈辱，沧海的心在滴血。

　　"你跪还是不跪，再不跪下，打断你的腿！"络腮胡子声色俱厉地威胁道。

　　"造孽呀，造孽呀！"姚哲妈妈衣衫不整地跑了进来拦住"五不烂"们，"你们不要为难老师了，老师是好人，我亲眼看到他们在救孩子。你们这样侮辱老师会遭天谴的。"

　　"你傻呀！"络腮胡子逼视着姚哲妈说，"在这个节骨眼上，还帮别人说话，你儿子死了，还要不要赔钱呀？"

　　"我不要赔钱了，只要我儿子安安静静地入土。"姚哲妈哭着说，"我也不能昧着良心伤害老师了。他们是好人，他们真的也不容易。"

　　"蠢货，滚开！"络腮胡子吼道。然后，转过背对跟班的"五不烂"说，"给我抄家伙来，再不跪，打折他的腿！"

　　"你敢！"外面传来一个雄壮的声音，"谁在这里私设灵堂，私设刑场，冲击学校，扰乱教学秩序？"

19. 灵堂闹剧

沧海的学生姚哲意外落水身亡后，在社会上"五不烂"的鼓惑与裹挟下，姚哲的亲戚邻居把尸体抬到了学校，那帮混混还逼迫沧海、白雪、石英才披麻戴孝，向亡者磕头，沧海不从，他们正要动粗威逼，忽然听到门外有人喊："谁在这里私设灵堂，私设刑场，冲击学校，扰乱教学秩序？"

"龙警官好，龙警官来了。"人群里有人说。

人们循声望去，只见高大威猛的峰南镇派出所所长龙之城走了进来，后面还跟着两个警察。唐倩燕也跟在后面。"谁在这里喊，要动粗打人，啊？"之城扫视一周，然后把眼光落在络腮胡子的脸上，严厉地问道。

"龙警官，你来得正好。你来评评理，自古就有借债还钱，杀人偿命的道理，他沧海骑车撞死了人，不要他偿命，赔点钱，披麻戴孝，下跪磕头，不为过吧？"络腮胡子一见面就先入为主，一通连珠炮的歪理数落沧海。

"慢慢慢！谁撞死了人，在什么时间，什么地点，什么人证，什么物证，是否有录像，有照片？你给我说来看看，把证据拿来看看。"龙之城并没有上他的笼套，带入预设的圈套。

"就在今天早上，校门外的小河边，我们很多人都看到了。"然后他回过头问跟班的"五不烂"，"你们说是不是？"

"是的！我们都可以做证。"跟班的随声附和。

"还有死者的亲属也可以做证，不信，你问问姚老倌。"

"是的，是这样的，是这个人开车把我孙子撞到河里面去的。我要他赔我的孙子，龙警官您可要为我们做主啊？"姚老倌哭丧着脸说。

"姚老爹，你可要对自己说的话负责呀。他们乱说歪说，可以理解，他们是什么人，你还不知道？你也跟着他们昧着良心睁着眼睛说瞎话？诬陷好人，做伪证，是违法犯罪行为。你不要被别人当枪使还不知道。如果查出来是诬陷，这么大年纪了还关进班房里坐坐，你值吗？"龙之城半讲道理半震慑地跟老爷子说。老头子一下蔫了，不作声了。

"哎，龙警官您这样对老人家连哄带骗，不厚道吧？"络腮胡子挑衅地说。

"厚道？你也有资格讲厚道？胡编乱造，信口雌黄，睁着眼睛净说瞎话。"龙之城严厉地说道，"孩子落水的时间是天刚蒙蒙亮的清早，是上学路上，你们这么一大帮人闲得蛋疼，一大早就等在桥边看戏？如果说你们当时在场，这么关心人，为什么不跳下河去救人？为什么只有沧海老师跳下河救人？有那么多同学和老师在场，可以做证，你们几个混蛋胡编滥造就能把白的说成黑的？再说从车轮印来看，摩托车与自行车根本就没有触碰。"

"谁不知道你龙警官与沧海是同学，在包庇他？我们不服气！"有个尖嘴猴腮的"五不烂"嚷嚷。

"噢！噢！噢！"在几个"五不烂"的鼓动下，人群开始骚动，大有失控的趋势。

"够了，安静下来！"龙之城纵身一跃跳上礼堂的讲台，大喝一声："谁敢暴动，坚决打击！你们也不去打听打听当年我在县域西部缉拿盗墓贼、剿匪的故事！今天谁敢以身试法，就地正法，就会落得当年盗贼同样可耻的下场！"

龙警官的威名在峰南镇几乎是家喻户晓，街痞们还是畏惧三分，吵闹声渐渐平息，场面得到了控制。

"我知道你枪法好，你不就是以枪壮胆吗？"络腮胡子阴阳怪气地说。

"笑话，对付你还用着枪吗？"之城鄙视地说。

"那好，有本事你摘下枪，咱们比试比试，你赢了，我们撤；你输了，就得听我们的，沧海要下跪磕头，要赔偿死者十万块钱。"

"好，痛快！你要文比，还是武比？"之城淡定地说，把枪交给了身边的警察。

"文比怎样比，武比又怎样比？"

"文比扳手腕，没有伤亡；武比，一对一散打。"

络腮胡子想了想，在受过专业训练且威名在外的龙警官面前保守起见为妙，选择了文比扳手腕。两人面对面坐到了讲台前，络腮胡子卷起衣袖，粗壮的胳膊上露出一只蝴蝶的刺青，这家伙是东台县黑社会团伙蝴蝶帮的一个小头目。

两人运足底气，几分钟过去了谁也没有占到上风，渐渐地，龙之城手腕发力，随着手腕的旋转，渐渐占了上风。络腮胡子涨得满脸通红，脖子上青筋暴起，想拼命挽回劣势，但手腕还是被龙之城慢慢地往下压,他只好用左手扳着桌子腿协助右手用力,勉强扳上来了一点,挽回了一些劣势,就在手腕快扳回中点时,龙之城也用左手抓住桌腿右手猛地用力一扣,络腮胡子的手腕被应声扳倒。

"噢!"那些屏住呼吸看热闹的围观者欢呼起来。

龙之城含威不露地望着络腮胡子说:"服气吗?"

络腮胡子涨红着脸,没有作声,抽回了手臂,突然掀起桌子往之城身上打去,之城靠着椅子往后一仰,双脚一缩蹬住桌面往对方身上一压,顺势一个翻身迅速弹起。络腮胡子见偷袭不成功,打算夺路逃跑,龙之城纵身一跃撑着还未停稳的桌子跳了过去,一把抓住络腮胡子的手臂,掏出手铐咔嚓一下扣住了络腮胡子。

"龙警官,我们撤了还不行吗?你怎么扣住我呢?我可没有犯法呀!至多是路见不平一声吼,行侠仗义而已。"

"你还在往自己脸上贴金,你这哪是行侠仗义?聚众闹事,冲击学校,造谣中伤,侵犯公民人身权利,哪一条不够拘留你三天五天?"

"五不烂"们见头目被抓,大势已去,作鸟兽散,一个个灰溜溜地走了。

龙之城让姚家的亲戚邻居把灵堂撤了,尸体抬回去,告诉他们一切按法律法规办事,找保险公司该赔多少是多少,不能到学校漫天要价。姚家本来就是被社会上黑势力裹挟来的,亲眼见到龙警官的身手后,也没有再闹,默默地撤了灵堂,把尸体抬回去了。

老师们回到自己的岗位,学校暂时恢复了平静。

沧海已是形容枯槁,疲惫不堪。燕子走过来安慰几句,然后扶着白雪说,先到她那里休息一下,要沧海自己回房间洗漱休息,不用辛苦去送白雪了,下午她会送白雪搭车进城。

　　众人散去,沧海回到了零乱的房间,想到他们把尸体放到自己床上,还用被子包裹,就恶心。但太疲倦太困了,也没有去吃午餐,靠在床上就迷迷糊糊地睡着了。但沧海刚刚睡着,就好像有一个黑乎乎的东西往身上压,他动弹不得,透不过气来,挣扎着惊醒。他是唯物论者,不相信有鬼神,大概是心理作用吧,可是每次闭上眼睛睡着,就有类似的感觉。只好坐下来不敢再睡。

　　下午来到办公室,几个老师都说中午睡觉有"鬼压床",有鼻子有眼的,恐怖气氛十分浓厚,那个被吓哭的年轻女老师陶欣良更是不敢进房间,中午就趴在办公室的桌子上打了个瞌睡,即使如此,也是一闭上眼睛,就出现恐怖幻想。

　　放学后,大部分老师都不敢留在学校过夜,家里比较近的都回家去了,家里离得比较远但附近有亲戚朋友的则跑到亲戚朋友家求助"避难"。只有少数几个胆子比较大的老师和学校主要负责人留在学校。沧海是唯物论者,又是学校教导主任,并且是这次意外事件的当事人,理所当然地留了下来。但白天的感受和同事们的流传还是让他不免紧张,换了床单和被套后,还是觉得不安心。沧海突然想起小时候听妈妈讲故事,有个中举的文人夜住闹鬼的客店惊醒后,因为自己的文才镇住了小鬼,驱散了邪气的故事:

　　举人夜宿客店,客店告知已经客满,如果非要留宿,只剩下一间非常特别的客房,无人敢住,曾经有个进京赶考后返回的书生住在这间房间因为考场上一副千古绝句答不上来,错失金榜题名的良机,他一直耿耿于怀,天天在房间内踱着方步,念念有词,最后郁郁而终,客死客店。以后这间客房夜晚总是闹鬼,书生阴魂不散,每晚都有幽灵念叨着半副对联。老板说，"客官如果不介意，就屈尊暂住吧。"举人想到天已黑，无处投宿，只能将就了，再说，幽灵是落地书生的化身，自己中举之人，天上下凡的文曲星，应该能够镇住邪气，就住下了。

半夜举人蒙眬之中，听到有人在房间内走动，口中念念叨叨"饥鸡盗稻童筒打，饥鸡盗稻童筒打……"

举人大惊，从床上弹起，睁开迷糊的双眼看到昏暗的灯光下，一只受惊的老鼠在横梁上逃窜，灵感上来，急对："暑鼠梁凉客咳惊"。顿时游魂退去，气氛祥和，从此客房不再闹鬼。

又记起唐代大文豪韩愈的一件逸事，曾挥毫泼墨以雄浑文章镇压河妖。沧海想到自己本科毕业应该相当于古时候秀才，考上研究生也算得上中举，虽然远不比韩愈神威，应该也算一个小小的文曲星，画个符，写几个字应该镇住几个小妖不成问题。当即找来几张黄色的字条，写上几个刚劲有力的毛笔字：吾乃文曲星下凡，尔等宵小休得无礼！往门上、窗户上一贴，如释重负似的安心上床睡觉。居然安稳睡着，一觉睡到天亮。

清早起床，隐隐约约听到窗外有人啜泣，不觉为之心头一紧。

20.媒体风波

学生意外身亡，死者亲属受社会黑势力鼓惑和裹挟抬着尸体大闹学校，虽在龙警官的干预下暂时平息，但尸体的恐怖气氛蔓延校园，老师大都回家或投宿到附近的亲友家，只有沧海与少数几个胆子大的教师留宿学校。沧海清早起来，闻听窗外隐隐约约有人啜泣，不觉心头为之一紧。

沧海推开房门一看，原来是姚家爹爹娭毑坐在花坛边沿哭泣，因为沧海住一楼，房间离花坛比较近，在房子里感觉他们就在窗下啜泣，怪吓人的。龙之城暂时平息灵堂闹剧时，沧海就预感到事情远没有完结，果然人家又哭着找上门来了。看到两个哭泣的老人，蜷缩着身体，耷拉着脑袋，沧海顿生怜悯之情，可扪心自问，并无过错，对他们也是爱莫能助。听到沧海的开门声，两个老人抬起了头，姚老爹并没有像以前那样冲上前来胡搅蛮缠，但眼神里充满了仇恨的泪光，姚娭毑则是满眼的哀怨。沧海无法与他们对接目光，像负罪之人，背着沉重的十字架快步逃离。走进教室后，望着姚哲的空座位，脑海里马上涌起落水、托举、人工呼吸、他妈抱着尸体的悲伤背影、起哄群众抬着尸体的胡闹、老人的泪眼等表象，脑袋嗡嗡作响，无法正常上课。

中午回房间休息，远远看到花坛边沿上又多坐了两个哭泣的人儿，一个是流露绝望眼神的姚妈妈，另一个一脸木然的中年男子肯定是接到噩耗连夜赶回的姚爸爸。沧海不敢直视他们，赶紧折回办公室。

下午镇联校、县教育局都派人来学校了解情况。事件的波动效应很大。经过县、镇、校三级领导的苦心劝说，并答应帮他们办理意外身亡保险赔偿手续，一定把钱送到他们手里，死者家属总算很不情愿地离开了学校。望着他们离去的背影，沧海心里五味杂陈，实在想不出自己做错了什么，能够做的都已尽力而为，可为什么莫名地背负着一副沉重的十字架？面对自己曾经拼命帮助的对象，还要像畏罪潜逃一样地躲避？

第二天，沧海起床先侧耳倾听窗外是否像昨天有人哭泣，确定没人哭泣，小小心谨慎地起床开门，胡乱吃了点东西就到教室指导学生的早自习。似乎可以度过平静的一天，但沧海总是心神不安，感觉树欲静而风不止。果然，傍晚，同年分配到峰南中学的物理老师杨正气火急火燎地拿来一张《东台晚报》给沧海，展开报纸，气愤地说："太可恶了，哪来的狗屁法官，不问清来龙去脉就为死者家属撑腰！"

沧海定睛一看，只见报纸头版新闻中有个醒目的标题《法官为死者家属站队：教师、医生要为峰南中学溺水死亡学生承担民事责任》，通讯记者"民声"，应该是笔名。文中报道东台县初级人民法院刑事法庭助理庭长法志国指出"教师要为峰南中学溺水死亡学生承担民事责任"。沧海简直把肺气炸，马上抓起电话责问法志国，电话忙音，再打，反复多次后，终于拨通："你个法志国是落井下石，还是糊涂透顶？饭可以乱吃，话可不能乱讲。作为司法公众人物，更应该懂得这个道理。"

"冤枉冤枉,千古奇冤!"法志国直呼冤枉。原来姚哲的远方亲戚在《东台晚报》当记者知道这个意外事件后,怂恿姚老爹状告沧海交通肇事和唐倩燕没有尽到医生抢救职责,为了制造声势,也为自己的报道赚眼球,故意把诉状送到刑事法庭。法志国刚刚硕士毕业,分配到东台县初级人民法院,担任刑事法庭助理庭长,没有详细询问诉讼具体内容,初步断定不是刑事案件,要他们到民事法庭去咨询。结果这个记者"民声"断章取义,以法志国的名义指出沧海与唐倩燕要承担民事责任。法院领导已经批评了他,刚才与报社进行了交涉,提出了强烈抗议。

沧海稍微松了一口气,谁知次日傍晚,杨老师又拿来一张《东台晚报》,"民声"写出了第二篇报道《出尔反尔:法官的威信何在?——再评峰南中学学生溺亡事件》。

沧海气愤了,法志国发怒了,大骂了"民声"一通,并警告:"再歪曲我的意思,乱评乱说,小心老子把你告上法庭,告你造谣中伤,损害名誉。"可好,第三天的追踪报道和评论是:《法官叫板媒体:法治还是人治?——三评峰南中学学生溺亡事件》。

第四天,"民声"电话"咨询"法志国:"你说峰南中学学生溺亡事件该如何判断?"

新闻报道和评论打破了法志国的正常生活,带来了莫大的烦恼,他不敢再随便说话,甚至不敢与记者说话。他想老子惹不起,总躲得起吧?不予理睬,不回答,直接把电话挂了。

但是,还是没有躲过,第四天的晚报评论是《法官一问三不知:糊涂僧如何判案?——四评峰南中学学生溺亡事件》。

一系列的新闻评论在社会上掀起了轩然大波,《东台晚报》发行量大增，"民声"名声大噪。年轻法官法志国被推到了舆论的风口浪尖，心中抓狂，没想到初为法官遇到老同学的烦心事不仅不能帮上忙，还把自己搭进去了；沧海处境更是雪上加霜，简直快被逼疯；城门失火殃及池鱼，唐倩燕没想到只是出现在意外事故已然发生之后，进行诊断是否还有生命体征，也被媒体牵扯进去。

强烈的社会反响引起了东台县领导的高度重视，舆论牵涉了社会最崇高的三个职业：教师、医生、法官。如果不果断制止，任由发展，将会给社会安定带来巨大的冲击，严重违背中央稳定压倒一切的指导思想。县委命令《东台晚报》立即停止刊发类似文章，并且迅速逮捕通讯记者"民声"。

当龙之城带领警察抓捕"民声"时，他正扬扬得意，赶着"峰南中学学生溺亡事件"第五评《推三阻四：法官如何为民做主？》。之城把手铐往他手上一铐："不好意思，大记者，要委屈你了。"

他反问："当官的不为民做主，我为民发声，犯了什么法？"

"造谣中伤，诬陷诽谤，歪曲事实，误导舆论，你已经触犯刑法。"龙之城说。

无良媒体人员受到了法律的严惩。意外死亡的保险金两万元，县镇校三级单位的抚恤金六万元由镇联校书记肖诗经和校长石英才送给了死者的家属，事情总算平息下来。

这天下午，学校提前放学，召开全校教师紧急会议，县、镇两级领导坐到了主席台。会上，主管教科文的副县长兼教育局长舒步奇就学校安全教育做了重要讲话。然后，宣布了对本次恶性事件的处理结果，赔偿责任。

结果一公布，"啊！"满座哗然。

21.出走南方

"媒体风波"之后,学校提前放学,召开全校教师紧急会议,主管教科文的副县长兼教育局长舒步奇就学校安全教育做了重要讲话。然后,宣布了对本次恶性事件的处理结果,赔偿死者家属六万块钱,由县教育局、镇联校、峰南中学各承担两万;撤销沧海的教导主任职务,在全县通报批评。

"啊!"听到这个结果,满座哗然。社会上不理解老师,不去苛求。但教育局是教师的娘家,怎么也是这样"保护"老师的呢?

"太不公平!"站起来公然打抱不平的是物理老师杨正气,"这样不分青红皂白的处分不能服众。"

杨正气、陶欣良都是与沧海同年分配来峰南中学的年轻老师,惺惺相惜,关键时候他们会互相关照,杨正气性格耿直,陶欣良文艺范儿。

陶欣良引用诗句声援沧海:"教书是一场暗恋,你费尽心思去爱一群人,有时却只感动了自己;教书是一场苦恋,你殚精竭虑去爱一群人,他们总会离你而去;教书是一场单恋,学生虐我千百遍,我待学生如初恋。沧海老师冤哪!"

杨老师与陶老师的声援引起了部分老师的同感。

"不公平，不服气？"台上的舒局长问，"那你告诉我，一个影响如此恶劣的群体性事件，谁来负责？不处分一个人，如何平息社会的怨气？如何向群众交代？"

"那也不能因为要平息社会怨气就冤杀忠良啊！"杨老师仍然抗议。

"我们也知道沧海老师尽力了，也知道他没有明显过错，"舒局长解释说，"只能怪他在错误的时间错误的地点遇上了不该遇上的事件。"

"就因为这莫须有的罪名严肃处分一个优秀的老师？沧海老师真的比窦娥还冤呀！"杨老师不无感叹。

"没有这么严重吧？窦娥冤六月飞雪，现在是 6 月 1 日，你看看有飞雪吗？仍然是艳阳高照。"舒局长玩起了文字游戏。

杨老师还想据理力争，沧海示意别争了："杨老师，谢谢你的好意。比起岳飞、窦娥，我知足了。还在四年前来这里工作之前的 6 月，我就做了个梦，飞雪入梦。也许这是天意吧，天意难违呀！"

然后有人问到，学校承担的这两万赔款从哪里支出，学校并没有收入啊。舒局长说："那就从老师们的年终福利里扣除呗。"

"啊！"老师们又是一声惊讶，三十多个老师平摊，每人好几百，峰南中学老师全年的福利还不到一千元，有些老师很不乐意，开始埋怨沧海，甚至希望由沧海一个人承担全部赔款，毕竟学生是他班上的，他是当事人。但沧海的全年工资才一万出头，不吃不喝也要两年才能赔上。

台上的肖诗经书记听到下面的议论，看出了大家的心思，提出了一个折中的办法，沧海个人赔偿一万，教师集体合出另一万，民主投票决定赔偿方案,大家实行不记名投票,当场唱票,少数服从多数。很快投票结果出来了,沧海惨胜,获得 19∶16 的微弱多数。沧海并没有获胜的欣喜,只有对世态炎凉的悲哀。

沧海精神恍惚地度过了一个多星期,津门大学研究生处来电催促他速速办理转档手续和单位政审评定。沧海也恨不能即刻逃离峰南中学,逃离东台县,赶紧到教育局办理相关手续。

这天上午,沧海来到县教育局人事档案管理室,把调档函交给管理档案的中年女干部。中年女干部接过调档函,仔细看了看,带着欣赏和羡慕的笑容说:"小伙子,考上了津门大学的研究生,不错啊,祝贺你! 不过,转档案还需要领导的批示。"然后告诉沧海到主管人事档案的副局长的办公室,让他过去请领导签署同意调档的意见。

沧海来到副局长办公室门口,看到屋子里还有两三个人在交谈,不好意思闯进去打扰领导,搓着双手在门口来回走动。良久,屋内的领导终于看到门口窘态十分的沧海,示意他进去。沧海走进办公室,赶忙从口袋掏出一包自认为很上档次的香烟——精品白沙,给领导打烟。但从不抽烟的他,慌慌张张,半天没有找到烟盒包装纸的捻头,满头大汗,打不开烟盒,抽不出烟。靠墙壁坐在茶几旁的一位领导,不知道是没看上沧海的烟,还是为沧海解嘲,非常平静地说:"你不用打烟,我们都不抽烟。"然后,非常优雅地把指头夹着的香烟往烟灰缸里轻轻弹掉烟灰。

沧海瞟了一眼领导指间冒着青烟的烟头,认出那是价格高于自己手中精品白沙三倍的极品芙蓉王,脸色更为尴尬,迟延了一下,小心地补问一句:"领导真的不抽烟?"

坐在办公桌旁靠椅上的领导,应该是沧海要找的副局长,吐出一个漂亮的烟圈,和颜悦色地说,"我们不抽烟,把烟收起来吧。要办什么事就直说吧。"

沧海尴尬地把烟盒收进口袋,毕恭毕敬地把调档函递过去,副局长接过一看,"哦,你就是峰南中学大名鼎鼎的沧海?"

"是的,我是沧海,您部下的一个小兵,不敢大名鼎鼎。"

"沧海老师,我非常遗憾地告诉你,你的档案不能调走,你的政审还没有通过呢。"

原来,沧海正在处分期间,在撤销处分之前政审不能通过,人事档案也不能转走。沧海欲哭无泪。

石英才得知此事后,特意打电话联系津门大学研究生处诚恳请求学校为沧海保留入学资格一年,待他明年撤销处分后,及时办理相关手续,实现他的研究生梦。研究生处的干部对沧海的遭遇深表同情,也很珍惜这个人才,不过以前从没有过这样的先例,他也没有这样的权限,不能擅自做主,必须请示领导上会讨论再做决定。沧海了解到石英才的努力后,感谢恩师对自己的关照,为了增强保留入学资格的可能性,沧海联系到了非常赏识自己的文学院的谢教授,将事情的原委一五一十地告诉了他,希望得到教授的鼎力支持。从以往的联系中,以及复试时沧海的优秀表现,谢教授感受到了沧海的才华和发展潜力,也非常同情他的不幸遭遇,出于惜才爱才之心,答应一定竭力为他争取。

一个星期之后,沧海收到了谢教授的答复,说学校考虑到他的特殊情况,经专题讨论研究开特例为他保留入学资格一年,如果明年的这个时候能够办好一切相关手续,同意接收他入学,但公费名额不能保留到明年,只能读自费研究生。这已是最好的结局了,沧海千恩万谢。

身心疲惫的沧海无法再在峰南中学待下去,打电话给陈商浮求援,问是否有合适的岗位,陈商浮一口答应:"热烈欢迎,随时欢迎!"

稍作准备,沧海就打了停薪留职报告,上级也很快批准了。得知还不等到期末,沧海就急不可待地停薪留职南下打工,老师们唏嘘不已,但也能够理解他此时此刻的心情和决定。离开学校的那天有不少老师为他送行,跟他同年分配来的杨老师更是惺惺相惜,送了一程又一程,沧海就要上车走了,杨老师还是紧紧地握着他的手不放,道声"保重",眼泪夺眶而出。

班上的学生更是追着喊着"沧老师,再见!""沧老师,我们等你回来!"汽车开动了,学生还在后面追着跑,最后追不上了,蹲在地上哭成一片。沧海,把头伸出车窗,使劲地挥动着手臂,也哭出了声。男儿有泪不轻弹,只因未到伤心处。

到了莲城市,白雪在火车站等着沧海,专程为他送行。因为心情比较沉重,一路上也没有很多说笑,只有简单的互道"珍重",默默同行。沧海刚刚踏上南下的列车,忽然耳边飘来陈思思甜美的歌声《情哥哥去南方》:"火车汽笛响,小妹妹呲送情哥……火车汽笛声声响,小妹妹我送情哥去远方……"

原来是白雪用手机录制了陈思思的成名曲《情哥哥去南方》,就在沧海登上列车的那一瞬间打开了录音,然后举起手机微笑着目送沧海上车。沧海凝望着白雪,看到她脸上虽然挂着浅浅的笑容,但不是电视里陈思思那种幸福欢快期盼的微笑,而是一种凄美的笑容。沧海的回头微笑,同样掩饰不了内心的凄凉。

　　"咣嚓,咣嚓……"汽笛长鸣,火车徐徐开动。沧海从车窗看到白雪举着手机的身影在渐渐往后退去,优美的歌声"火车汽笛声声响,小妹妹我送情哥去南方,南方的世界多繁华,南方的高楼霓虹亮,妹妹我在家中天天把哥想,千万莫忘家乡的山花香……"在火车的轰鸣声中渐渐消失。沧海突然想起四年前的 6 月冰雪入梦的梦境:白雪站着的冰块迅速向远离沧海的方向飘去……这意境与此情此景何其相似!

22.南国风云

　　沧海因为学生意外落水身亡引发恶性群体性事件，受到教育局的处分：撤销教导主任职务，全县通报批评，赔偿死者家属一万元。并且因为处分期间不能通过研究生入学的政审，也不能办理人事档案的转调，失去了今年到北方名牌大学就读研究生的机会，尽管学校开特例保留入学资格一年。沧海悲愤交加，当即决定停薪留职一年，南下广东投靠高中好友陈商浮。

　　带着站台上白雪送行时凄美笑容的记忆，沧海来到了广东。陈商浮驾驶着他那辆气派的奥迪 A6 到车站迎接沧海。他理解沧海的心情，不急着让做事，告诉他这边还有很多同学，并告诉几个同学和同乡的联系方式，让他先到处走走，散散心，再做事不迟。沧海感谢商浮的体谅和支持，在广州、深圳、惠州等地转了一圈，遇到了许多中学同学和大学同学，看到同学们的奋斗成就和闯荡精神，深受鼓舞。转了三天之后，陈商浮在广州召集了几个在广东发展的同学聚餐，为沧海接风洗尘。席间觥筹交错，推杯畅饮，虽然并非全部是同班同学，有一两个沧海以前还不认识，但大家都很热情，气氛很热烈，感情很真挚，沧海非常感动，一时兴起，仿苏轼所作《江城子》，赋诗一首：

江城子·南国求职遇友

遭遇不测远离乡,辞北家,到南方。南国土热,怎比热心肠。他乡异地见同窗,遇困难,好协商。

三日考察匆忙忙,过深惠,落羊城。故友来聚,把酒话家常。纵使高中曾不识,今相见,酒穿肠。

次日,陈商浮把沧海带到了广州近郊的工厂,厂房是租用一所废弃的小学改造而成的,产品是预加工电源。沧海问,你一个文科生怎么对加工电子产品感兴趣?陈商浮说,他从小喜欢电子产品,学过电工,电子产品加工属于劳动型密集产业,技术含量不高,经过简单的培训,工人很快就可以上手;如果要开发新产品,他们也有工程师。

工厂规模不大,两个车间,二三十个工人,车间内,工人坐在生产流水线上的相应岗位上,安静紧张地忙碌着,插机、锡炉、补焊、测试、组装、老化、包装、出货,一环套一环,紧密衔接,不得有误,如果一个环节有误,就会影响整个流水线。看得出工人们的紧张与辛苦。

沧海问:"工人们工资多少钱一月?"

陈商浮说:"基本工资每月七八百,如果加班能够超过一千。"

"干这么辛苦单调的工作,月薪才七八百,比我在内地当中学老师也没有高啊,而且这里消费比内地高多了。你不是早在两年前,就跟我吹牛说,在广州、深圳月薪一万很常见的事吗?"沧海有些失望地反问道。

"他们什么文化程度,你又是什么学历？我怎么会让你一个本科生,而且是考上了名牌大学研究生的大学生干这个只需初中文化水平的粗活呢？你放心,我不会大材小用的。"然后,陈商浮解释说,"我们的产品主要销往国外,以往,我们的买家主要通过供需会上寻找,或者朋友介绍,比较被动。我想新建外贸部,聘请你担任外贸部经理。你英语好,写作水平高,组织协调能力强,应该没有问题。"

沧海问:"你的外贸部经理的主要职责有哪些？"

"开拓国际市场,洽谈国际业务,参与审核订单条款及签约。"

沧海谨慎地说:"恐怕你高估我了。要称职地完成你交的这些任务,除了很强的英语听说读写能力外,还要熟悉各种外贸术语及含义,熟悉外贸流程及规则,了解中西文化与思维的差异,并且能够融会贯通,还要有高超的商务沟通与谈判技巧。我除了英语还勉强应付外,其他方面都是缺项,只怕不能胜任工作。"

陈商浮很乐观地说:"我相信你的实力,也相信你的学习能力。边学边干嘛。对你免除试用期,第一个月的基本工资在你现有工资上翻倍,加班费另算,以后根据业绩逐月增加。"

沧海很感激陈商浮的大度,先不急着拓展业务,寻找订单,而是买来了大量的商务英语、外贸事务的书籍恶补。一个月后,开始在互联网上、商会举办的供需会上尝试着拓展业务。初试牛刀,效果不错,拿到了一张比以往价格更加优惠的200万订单。三个月后,沧海在洽谈国际业务,审核订单条款方面基本上能独当一面了。随着业务的开展,沧海越来越忙碌了,陈商浮也履行承诺,几次为沧海提薪。拿到奖金后,为表谢意,沧海请陈商浮和几个在广深打拼的同学同乡喝酒,很长时间没有这么开心了,多喝了几杯,沧海有些醉眼蒙眬,陈商浮也喝得不少,车是不能自己开回去了,只好请了一个酒后代驾开着商浮的奥迪送两人回去。一路上,沧海看到一辆辆被超越的车辆,诗兴大发,仿李清照《如梦令》赋诗一首:

如梦令·羊城醉酒

曾记羊城夜幕,沉醉不知归路。兴尽晚回车,幸有代驾开路。飘路,飘路,惊见超车无数。

第二天,又兴致勃勃地跑到首饰店给白雪买了一个翡翠戒指。因为业务繁忙,另一方面在实践中积累经验的同时,不断恶补相关理论知识,很少有时间主动与白雪联系,白雪也很少打电话过来,书信更加稀少。这次买了礼物,特意打电话告诉白雪,好让她高兴高兴。白雪学唱陈思思的《情哥哥去南方》:"盼你早早归故乡,不要你的金呀,不要你的银,只要你的一颗心,还同那从前一呀一个样……"

沧海说:"我也想早早归故乡,早日回到你身边。只是想趁着年轻,趁着现在效益还好,多挣几个钱,以便将来到城里买套房子,作为我们的新家。"

白雪说:"我还是更希望你读研究生,当大学教授,再把我也带到大学,就像我哥哥那样。现在我们厂子的效益不好,听说要裁员。我是招工进来的时间不是很长,资历不深,当年介绍我进厂的舅舅也退休了,我在单位没有靠山,恐怕下一批下岗名单中就会有我的份。"

"唉！如果不是那场飞来横祸，我现在已经是研究生了，虽然不能迅速给你带来稳定的工作，至少可以给你希望和憧憬。也许是命该有此劫难吧。"沧海感叹道。

"我们为什么这么命运多舛呢？不知道你明年研究生入学会不会有变故，我真担心。"白雪受到上次的打击，似乎有些心有余悸。沧海也一直心怀歉疚。

日子在忙碌中飞逝，沧海在南方打拼不觉将近一年。这天沧海出差在外，住在宾馆，他拉开窗帘，站在宾馆的房间望着对面的一所中学，一个年轻的体育老师正带着一群学生踢足球，孩子们不时发出欢快的叫喊声。沧海很羡慕地看着他们，突然涌起一种莫名的失落感，自己以前不也是经常与孩子们欢快地在一起吗？以前很经常的事情，今天却成了一种奢望，这不滑稽吗？虽然极少数学生令人伤脑筋，个别家长刁难老师，但绝大部分学生可爱，绝大部分家长通情达理。他忘不了姚哲妈妈伤心悲痛时的真诚"谢谢"，也忘不了他离开学校南下时，学生在车后哭着喊着追着汽车跑。他骨子里的教育情怀不会因为一场意外事故就会轻易消失。停薪留职的一年期限快到了，延期入学读研究生的手续也该办理了，该回去看看了。

沧海出差回来，正准备找商浮请假回家乡看看，只见厂门上贴着封条。陈商浮一见沧海就双手抓住他的肩膀哭了起来："一切都完了，工厂关门了，工人解散了，我的小轿车也变卖了。我辛辛苦苦几十年，一夜回到解放前！"

23.归去来兮

　　沧海出差归来，商浮一见到他，就双手抓住他的肩膀哭了起来："一切都完了，工厂关门了，工人解散了，我的小轿车也变卖了。我辛辛苦苦几十年，一夜回到解放前！"

　　原来有个与商浮在生意上合作时间较长的香港老板提出合资办厂，把厂址迁到深圳近郊。商浮考虑到如果与外资或者港澳台资合作，既享受优惠政策，又能拓展业务，提升品质，并且以往的合作中他留给商浮的印象还算忠厚诚信，就比较爽快地答应了合资建厂。但当港商提出陈商浮预付一千万的启动资金时，沧海曾提醒小心行事，谨防有诈，毕竟对一个加工小厂来说，一千万不是小数目。当时陈商浮也拿不出一千万，但还是以资产抵押，贷款五百万交给了港商。他认为，现在国际金融风暴，生意不好做，能够攀上这么一位比较靠谱的香港大老板，机会难得，错过这一村，未必还有下一店，经商肯定要冒险，舍不得孩子套不到狼。

　　沧海警告说："千万别把孩子舍了，浪没有套到，自己反被狼咬了呀！"

　　事情不幸被言中，一个月后，不见进展，打电话去催，总是搪塞；两个月后，打电话，呼叫的用户已停机，估计香港老板在金融海

158

啸中风雨飘摇，好不容易在陈商浮这里捞了一笔，然后逃之夭夭。这下可好，陈商浮小本经营的加工厂并没有很多流动资金，三个月后资金链条断裂，银行催贷款，供货方催货款，工人催工资，陈商浮急得上蹿下跳，无计可施，就在沧海从国外出差回来之前，被迫关闭工厂，解散工人，变卖小轿车。一夜之间，由一个雄心勃勃的小老板成为了一个不名一文，甚至负债累累的穷光蛋，又要汇入打工洪流，重新白手起家。金融海啸，哀鸿遍野，到处都是倒闭的企业，到处都是失去工作的民工。陈商浮在商海沉浮已不是第一次，很快就镇定下来，擦干眼泪，对沧海说："我陈商浮不会就此沉沦的，我从哪里跌倒就要从哪里爬起。"然后他问沧海是否愿意与他一起去打工，进行新的原始积累，等待新的重新起家机会。

沧海问："重新起家，重出江湖容易吗？"

陈商浮说："其实也不是很难，当前的任务是尽快还清贷款，消除银行不良记录。接下来就是处理租借厂房和预加工原材料的部分款等事项；从民工潮中招聘工人并不难，工人工资按当前的规矩都是推迟一个月付，甚至有些工厂还要求工人交押金。一个月后，产品出货，应收款项到账，应付款项付清，就可以开始新的良性循环。我已是三起三落，驾轻就熟了。"

沧海佩服他的韧劲，欣赏他的胆略。但觉得自己是一个书呆子，学校是自己的更好的归宿，至少目前想回家看看，不急着在广州、深圳漂泊。为了不打击陈商浮的积极性，答应先回去冷静思考思考，如果深思熟虑之后觉得可行，再南下跟随陈商浮闯荡江湖。人各有志，再说，陈商浮的破产也给沧海带来了经济上的损失，所以他没有勉强沧海，独自做着那种白天进厂打工，早上帮人卖早点,晚上帮人做夜宵的超强度工作,争取早日重振旗鼓。

打点简单行装,沧海踏上了归程。登北车,南回望,作别南国,早早回故乡。坐在列车上,沧海本想打开皮包掏出那个为白雪准备的戒指再仔细端详一下,记起了妈妈的叮嘱,出门在外,珍贵物品,不宜示人。警惕地看了一下四周,赶忙放回原处,拉好拉链。拿出手机想给白雪一个电话,告诉她离开南方回归故乡的消息,恍然察觉已有很长一段时间没有与白雪联系了,似乎随着空间的隔断和时间的流逝,两个年轻人曾经火热的心在慢慢冷却。现在这个电话该不该打,他有些犹豫了。去年"小妹妹送哥去南方"的凄美笑容还历历在目,今年作别南国回归故乡也不是衣锦还乡,而是经受一场商业风雨之后带着受伤的心灵回去的,对于一个向往安定美好生活的白雪是否会热情接待,沧海心里并没有底。思虑再三,沧海用低调的语气发了一条短信:"白雪,很久不见,甚是思念。我从南方回来看你了,明天就可以到家。"

白雪没有马上回信。在单调冗长的乘车过程中,沧海本想通过与白雪电话联系或短信聊天,表达思念之情,增加旅途情趣,等过枯燥乏味、漫长难熬的三个钟头仍然没有收到回信,实在有些坐不住了,拨通了白雪的电话,未接,再拨,挂了。一种不祥的预感涌上沧海的心头,他不知道发生了什么重大变故。

约莫又过了半个钟头,"嘀嘀",手机发出收到短信的信号,沧海赶忙打开手机查收,果然是白雪来信:"沧海,感谢你对我长期的关爱。永远祝福你,不管你在南方大展宏图,还是到大学继续深造。原谅我的俗气和虚荣,不能给你带来幸福,我必须面对新近的困境,"短信未完,沧海急死了,遇到了什么麻烦?

"嘀嘀",一条新的短信蹦出,"我们工厂不景气,必须裁员,我被加入了下岗队伍的行列。"不就是下岗了吗?多大的事,有本事,还怕找不到事干?像她有财会自考本科文凭和会计证的年轻人,至少到南方打工,找个工作不成问题。退一万步,就算找不到工作,我也能把她养起,我有一碗饭吃,就绝不会让她饿着。

沧海这么想着,正要回信安慰,"嘀嘀",又蹦出一条短信,"幸亏在关键时候雷德乔的及时出现,救我于水火之中,让我获得了新生。感谢他的长期等候,不离不弃。所以,"

看得出,白雪是在字斟句酌,事先认真细致地编好了一系列的短信,存入草稿箱,然后逐条逐条发出。"所以,"怎么样?雷德乔这小子的出现准没有自己的好事。

"嘀嘀",又弹出一条新的短信,"经过反复权衡,再三考虑,我决定接受他的求婚,嫁给他,明天就要成为他的新娘。"

什么?沧海惊得把手机抖落到了地上,不忍卒读。过了好一会儿,才把手机拾起,费力地将短信看完。

"雷德乔比你高两届,本科毕业就直接考上了硕士研究生,硕士毕业后又考上了博士,今年博士毕业,分配到江南师大工作,师大同意给他解决配偶工作。这对我来说,实在是一个难得的机会,终于可以过上羡慕已久的哥哥嫂子那种生活。沧海,你英俊潇洒,风度翩翩,机智风趣,有才华,有个性,是一个理想的恋人。"事已至此,说这些安慰的话又有什么意思呢?

"你留给了我许多印象深刻的回忆,既有温馨浪漫,也有惊天动地。"沧海为曾经给她留下一些惊天动地的痛苦回忆,深感歉疚。"雷德乔是一个合适的婚姻伴侣,踏实沉稳,会过日子,有安稳感。

我曾提醒你别轻易成全了雷德乔,你也曾经努力,眼看就要成功,但命运还是成全了他。"讲了一大堆话的铺垫,这才是重点。"我很为你难过,会想起你的。我不适合你,忘了我吧,下车后,别到那个渡口寻找往日的回忆了。我只是一个普普通通的小市民女子,请原谅我的俗气和虚荣。去寻找适合你的真爱吧。祝好!请求你宽恕的白雪。"

强打精神读完短信,沧海脑海一片空白。下车后,还是不知不觉又来到那个让他无法忘却的河边渡口。倚着凉亭的栏杆,望着太阳下波光粼粼的河面,沧海想起了那年挥手作别的情景;也想起了"六月梦雪"的场景,当下的实情不正是对梦中白雪趴在冰块上向远方飘去意境的明确阐释?

心情太难受,身心太疲惫,沧海眼前一黑,双腿发软,差点跌倒,幸亏有人及时伸出援手,一把扶住。沧海望着来人,一脸愕然,"你怎么会来到这里?"

24. 路在何方

沧海心情难受，身心疲惫，不觉眼前一黑，双腿发软，差点跌倒，幸亏有人及时伸出援手，一把扶住。

沧海望着突然出现的白衣女子，一脸愕然："你怎么会来到这里？"

"白雪根据车次、行程和你的个性，料定你大约在这个时候会来到这个渡口。对你放心不下，担心出现意外，反复央求我到这里等你。果然不出所料，你来到这里差点晕倒，跌落河中。"

"既然这么关心我，为什么不自己来这里等我？"沧海显得有些激动，"闵珺，你告诉我，白雪心里还是装着我，她说明天就要成为雷德乔的新娘是骗我的，只是用激将法激励我加倍努力，早日进入大学攻读硕士、博士学位。她是不是这样的呀？闵珺，请你告诉我！"

闵珺摇了摇头："看到你受伤的样子，我很难过，但是我不能欺骗你。她说的是真话，明天她将成为别人的新娘，还请我做伴娘。她最信任我，也不敢开口叫你那些好友来照看你，只能央求我来这里等待放心不下的你。"闵珺是白雪最要好的朋友，从省财经大学毕业后，分配在建设银行莲城分行，工作地点离东台县大约一个小时的车程，白雪认为她是来河边渡口等待和关照沧海的最佳人选。

"唉！我能体谅她的选择。"沧海坐了下来，"我现在没事了，只想个人静一静。闵珺，谢谢你的关心，你去忙你的吧。"

闵珺不放心，等他休息片刻后，坚持一定要把他送上开往峰南镇的大巴，并且打电话给沧海在峰南镇的好朋友，首先想到龙之城，估计他公务繁忙，难以脱身，就电话唐倩燕，要她到峰南镇车站等候沧海下车。

车行至峰南镇，沧海远远看见唐倩燕在客车站附近等候。她骑着那辆红色的摩托，把沧海接到自己家里，帮他做了些吃的。等他吃完后，试探地问："你还会回峰南中学上班吗？"

"不知道。"沧海摇了摇头，"我已经迷失了方向。"

"听说学校好几个年轻有为的老师都走了，有考公务员的，有调到城里重点中学的，有考上研究生的，也有下海经商的。"唐倩燕不无忧虑地说，"我们家老大已经读小学一年级了，再过五年就要到峰南中学读书了，不知道那个时候还有一些什么老师。"

沧海嘴唇动了动，不知道说什么好，又闭上了嘴巴。

两人相顾无言，很是尴尬，唐倩燕问："你是先回学校，还是先回家？"

"先到学校报个到，看看石老师，然后再请你送我回家吧。我已经离开学校整整一年了，不花大力气整理，还不知道那间房子能不能住人。"沧海说。

走进学校，正好碰见戴珂老师下课走出教室。戴老师问："沧老师回来了呀？"

沧海点点头："嗯，戴老师回来了？"

戴老师笑笑："我是革命的一块砖，哪里需要就往哪里搬嘛。"

沧海没有见到杨正气、陶欣良等年轻的教学骨干，看来当年受到处分调离镇中心中学的戴老师又回到峰南中学成为了教学骨干。

见到石英才后，沧海递上两条广州红双喜。石校长连连摇手推辞："不要害老师，我已戒烟。"

看到他熏黄的手指，沧海笑道："我跟随老师十几年了，知道您经常戒烟。放心，这不涉及行贿受贿，纯属师生交情。"

"我可以收？"石英才笑问。

"肯定没问题。"

然后石英才问沧海是否愿意回来上班，说现在太缺老师了。年轻人羡慕外面的世界很精彩，这里留他们不住。有能力，有学识的老师一个个往外面跑，留不住，拦不了。而学生中留守儿童越来越多，问题儿童多，越来越难管，他愁白了头。石英才幽幽地说，"当然也不能全怪他们，这里有些学生的表现，家长的做法让一些老师伤透了心。"

沧海从石英才的口中了解到陶欣良终于找到了关系调到了城里去工作了；杨正气则停职在家准备考研，听说今年还考得不错，已经被某大学录取。他们的决意离去都与家校矛盾密切相关。仅仅一年，老师又添了很多白发，沧海看在眼里，有意分忧，但眼下实在没有心情，半天没有表态。

石英才还不知道沧海正经受南方打拼失利和感情上失恋的双重打击，认为只是对去年那场意外事故心有余悸，说："好吧，不急，你休息几天，我等你答复。"

沧海走出石英才的办公室，遇到以前班上的几个学生，他们怯怯地叫了一声"沧老师",却没有他印象中和想象中的欢呼雀跃。大概是离开时间太久,学生感到有些陌生吧,或是看到沧海脸色凝重,不敢冒昧吧。而另外一些学生没有与他打招呼,稚嫩的脸上显现过早的老成和冷漠,是课业压力太大,让他们提前失去了少年的快乐?还是社会的浮躁和功利吞噬了他们的天真和热情?沧海不得而知。

走过一间正在上课的教室,透过窗户,看到老师扯着嗓门在讲台前讲课,台下有几个学生呼呼大睡,有个学生还打出了鼾声,梦涎顺着嘴角流到枕着睡觉的手臂上和课桌上。

沧海问送他出门的石校长:"学生上课睡觉,老师怎么不叫醒他们,维持正常的课堂纪律?"

"唉!"石英才一声长叹,"老师已经不知道怎么教书,我也不知道怎么管理学校了。"

"为什么这么说啊?"沧海疑惑地望着老师。

"去年的辛酸往事,你不至于这么快就全忘了吧?"石英才反问道。

"往事历历在目,至今心有余悸。"沧海惊讶地说,"不至于余波仍然未停吧?"

"人心不古哇。好的风气难以树立,坏的习气却能很快传染。"石英才无奈地摇了摇头说。

沧海接过话头:"如果要求老师为人师表培养出优秀的学生,就要让老师有尊严地为人师表,有底气为人师表。希望改革之风早日吹到这落后的乡村,有政策为敢于直面不良风气坚持严肃教学纪律的老师撑腰。也希望这里家长更加明白老师严格要求学生的良苦用心,希望村民更加懂得尊重老师,少为学校和老师添乱。"

　　沧海和唐倩燕回到街上,遇到一个腆着大肚子的中年孕妇,她叫了声"沧老师",沧海停了下来。她脸带歉疚地说,"去年那场意外事故害惨了您,真不好意思。回来上课吧,孩子们都说您好,都很想念您。"

　　沧海一时没有认出她是谁,感觉很面熟。唐倩燕告诉他,那是姚哲的妈妈。东台县的计划生育抓得很紧,如果头胎是男孩,只允许生一胎。因为姚哲的意外身亡,他们家成了失独家庭,根据政策可以再生一胎,姚哲妈妈人到中年再次怀胎。沧海也很同情她的遭遇,他们成了那场意外的共同受害者,尽管沧海是被动卷入的。

　　唐倩燕骑上她那辆红色摩托车送沧海回峰南山下的家。在镇上,感受到了城镇化进程带来的巨大影响,即使是峰南镇这种内地省份比较偏僻的小镇也在快速地扩张,街道在向两头延伸,路面在硬化,一座座楼房新建在公路两旁的良田里。但是车行至山下,沧海看到以前的很多良田长满了蒿草。

　　沧海心情郁闷地待在家里。这天下午有人敲门,一个怯生生的声音问:"沧老师在家吗?"

　　沧海走出房门一看,原来是他以前所教班级的班长柳霖铃,只见她被太阳晒得满脸通红,满头是汗,汗湿的衣衫紧贴着背脊梁。

　　沧海赶忙把她让进屋里,打开电扇,倒来凉水。问她这么热的天气跑这么远来,有什么重要的事吗?

　　柳霖铃从书包里取出一束卷着的字画,让沧海拿着画轴,然后自己慢慢展开,露出四个灵秀的墨笔字"师恩难忘"。画轴精致,字体秀美。

"老师，"柳霖铃仰起那张稚嫩的小脸说，"班上每个同学都在上面签了名。我们可想你了。"

　　沧海仔细一看，字画上签满了充满稚气的学生签名。柳霖铃解释说，最开始，她想自己亲笔写字亲手制作一张字画，那样更有意义。但是自己写了很多张都觉得不漂亮，不满意，最后还是请妈妈陪她到书画店挑选了一张。然后打开书包掏出了一叠黄色的毛边纸，张张上面书写着师恩难忘四个字，"老师，我虽然写得很认真，但还是没有写好。"

　　沧海非常庄重地接过字画和所有毛边纸，喃喃地说："很好，很好，谢谢！谢谢！"

　　"有很多同学都想来，但他们的家都离这里很远，又快要期末考试了，要准备紧张的考试，班主任老师知道后要我们等您到学校再看望您，或者等放假了再来看望也不迟。我家离这里比较近，只有十几里，我等不及就来了。"柳霖铃睁着巴望的眼睛说，"沧老师，下个学期来给我们上课吧，我们现在的英语是几个老师轮流上，我们越学越糊涂了。"

　　沧海深受感动，但心情复杂的他不知怎么答复。只说了声："告诉同学好好学习。老师感谢大家，想念大家。"把柳霖铃送出了家门。沧海眼角湿润、视线模糊地望着她那瘦小的身材消失在峰回路转之处，想起了那年教师节读到的一首小诗：

　　若我诚心关心一群人，结果一定能感动这群人；

　　若我费尽心思去爱一群人，一定会永远拥有这群人；

　　若我待学生如初恋，学生定会念我千百遍；

　　……

正如那年的"六月梦雪",白雪已经离自己远去;刚刚遭受重大打击的商浮希望自己与他一起打拼,重振旗鼓;津门大学的入学手续必须尽快办理,不然,恐怕再无入学读研究生的机会;学生眼巴巴地望着自己;自己满身伤痕……

"我该怎么办? 我的路在哪儿?"沧海对着大山喊,山谷回音:

"我该怎么办? "

"我的路在哪儿? "

……

沧海不知道是否听从内心的召唤,留在峰南中学,保持教育情怀。也许留下来,在这块并不肥沃的土地上辛勤耕耘,也有一番令乡邻敬仰的收获,成为乡下的优秀教师。但是往事令人心碎,现实也不美好,他的苦心能够得到理解吗?

第二天,沧海还是心情矛盾地来到了学校,坐到了石英才的对面。石英才从抽屉里掏出一封信放到桌面,手指压着信封推到沧海的面前说,"津门大学寄来的补录通知。谢教授很关心你,还特意打来电话询问你的情况。"

沧海激动万分,没想到名牌大学的教授还这么关心落魄的自己,这简直是久旱逢甘霖啊。但是抬头看到面容憔悴的石英才,又有些犹豫了,言不由衷地说道,"石老师,我还是留下来陪您挺过难关再走吧。"

石英才勉强挤出一丝笑容,温和地说:"去吧,错过这一村,可能就真的没有下一店了。如果让你留下来,葬送了你的大好前程,我于心不忍。再说,你要帮我,为学校做贡献的渠道和形式多种多样,不一定非得留在这里不走哇。"

沧海心情复杂地离开了峰南中学，在北方名校读完了硕士研究生，后来又攻读了博士学位，成为了一名大学教授，在城里安了家。因为读的书多了，同学多了，又远离家乡，他基本脱离了高中同学圈。

　　高中毕业二十五周年同学聚会，儿时好友陈商浮盛情邀请他参加，而且反复强调，白雪对他仍是念念不忘，这次也会参加聚会。怀着对往事割舍不下的思念，沧海参加了同学聚会。但迟迟不见白雪的身影，沧海想着心事，不觉走下层楼，走出了同学聚会的宾馆，来到了当年挥手离别的渡口附近。渡口修葺一新，颇具现代气息，庆幸附近那根高大的电线杆依然还在。睹物追思，思绪万千。沧海背靠着电线杆，凝望河面，回想着当年的离别景象。

　　就在沧海准备离开的时候，身旁传来一个年轻女子的声音，"这不是沧老师，沧海老师吗？"

　　沧海扭头一看，是一位很有知识分子气质的清秀女青年。来人见沧海半天没有认出自己，就自报家门："您不认识我了啊？我是您的学生柳霖铃。"

　　"哦，女大十八变，越变越漂亮了。出落得这么亭亭玉立，美丽大方，我还真没有认出来。你现在哪里工作？"沧海终于想起来了。

　　"在一中当老师。"

　　"不错不错，比老师当年有出息多了。"沧海夸奖柳霖铃说。

　　"多谢老师夸奖，我哪里比得上老师您。我从小很崇拜您，一直把您当榜样。"柳霖铃顺便哼唱了一句："小时候看你很神奇，长大后我就成了你。"

　　"唱得好听。"沧海问，"霖铃，我们的母校——峰南中学现在怎

170

么样？"

柳霖铃答道："现在学校建得很漂亮，硬件设施比以前好多了，只是教师队伍不够稳定。为了促进教育公平，帮扶农村学校，教育局制定了切实可行的措施，要求城里的重点学校与农村中小学结对子，城里老师评高级职称必须有农村学校教学的经历。我去年评了中级职称，为了将来顺利评高级职称，今年报名到农村支教，选择了母校峰南中学。今天就过去。"

"很好，很好，你比老师对母校作出的贡献更大。我一直为当初仓促离开你们去读书深感愧疚。"

"老师谦虚了。更不必自责，当时的情况我们都知道，能够理解。再说，您为峰南中学做了很多，捐助贫困学生，捐赠图书资料，提供教育信息等等，是杰出校友。校长经常赞扬您，要同学们以您为榜样。"

这时，艄公把船划到了渡口。柳霖铃说，"我要上船过河了，今天还要到峰南中学去报到。您要一起过河吗？"

沧海摇了摇头，"你先走吧，我还有事。"

望着柳霖铃离去的背影，沧海露出了欣慰的笑容。

感谢湖南文理学院"湖南省洞庭湖生态经济区建设与发展协同创新中心"和"湖南省教育学一级学科特色应用学科"的支持！